中公文庫

いずれ我が身も

色 川 武 大

中央公論新社

DTP　ハンズ・ミケ

いずれ我が身も

目　次

いずれ我が身も

いずれ我が身も

判官びいき、というのは弱い者に肩入れする気分のことをいうのであろうが、それは頼朝と義経というような比較のうえで成立することであって、ただなんでも強者と弱者に当てはめての言葉ではないように思う。

だから、私のは日本人に多いといわれる判官びいきとは、少しちがう。だいいち、私は義経的存在を、ひいきにしているわけではない。

犯罪をおかしたりして、窮地におちいっている人間を、我が事に感じる。汗が出るほどにそうなる。これは小さい頃からで、五十の声をきく現在もなお変らない。

敗戦直後、小平義雄という犯罪者が居た。食糧不足で郊外に買出しに出る娘さんを淋しい所に誘って強姦殺人をする。次から次へとやって十何人を殺した。捕まってみると陰気な中年男で、いかにも不気味な感じがした。

しかし、このときも、捕まったことを知ると、あ、しまった――！　という痛恨の思いがした。その前段階に気持を馳せて、殺された娘さんのことを考えないわけではないけれど、その娘さんに自分が同化して汗が出るというには至らない。だから理に合わないし、弱者に肩入れするというのともちがう。

まかりまちがえば自分もああしたことをやるかもしれない、という気持で小平を見ているわけでもない。その時分、私はハイティーンで、すでに強姦の機能は備えていたが、小平の犯罪はいかにも戦地でしみついた異常心理乃至性欲という感じが濃く、戦地へ行かなかった私などは、そういう行為の可能性があるとは思えなかった。

けれども私は自分が手錠をはめられた実感で、彼の一挙一動を眺めていた。小平は捕まってから自白を終えた夜だったかに、留置場で、すき焼を喰べさせてもらっている。安い、固そうな数片の肉と、そっけない味つけのすき焼を、私もその夜、頭の中で、ぽつりぽつりと口に運んだ。あの空想のすき焼の味は、今でもはっきり覚えている。

もちろん、小平義雄だけに限らない。犯罪が発生した記事を見ると、私はいつも、覚悟、のようなものをする。ここに自分のしたことがある。いつかはきっと捕まってしまう。だからその件についての中間報告記事を見て一喜一憂する。それは被害者に対して、世間に対して、ひどく不謹慎なことで、だから口外はしない。けれども、万一、刑事がやってきて訊問されたら、いつの場合でも、私は涙声をあげて自白してしまったかもしれない。

大勢の取材陣の前を、犯人が背広で顔をかくしながらひきたてられてくる。その写真を私は、声もなく眺めている。それはまた、いつの日か自分も、必ずこうなるのだ、という心持ちでもある。息苦しいほどに、そうなる。どうしてだろうか。

多分、自分なりの戦争体験がそうさせるのではないか、と考えた時期があった。

私たちは人格形成期にずっと戦争があり、長生きは考えられなかった。いずれまもなく、兵隊にとられ、戦場の土になるのだろうと思っていた。だから、先のことは考えられない。学科を習っても何の役にも立たないように思える。学校が軍隊式だから、生徒は、恐れいった面持ちで講義を謹聴しているが、実は、自分たちの行手に関係があるのは教練や体育だけだと思っていた。それも二年生までで、あとは教室をはなれて、工場に動員されている。

いうならば、宣告を待機しているようなものだった。そう遠くない将来に、いつか必ず、死の手に捕まる。逃げおおせることはできない。そういう息苦しさが、身体の中に棲みついてしまったようなところがある。そこで、似たような状況に触発されるのではないか。

この考えはわれながら面白かったが、しかし、私の場合は、戦争がおきる前の幼い頃からその恐怖があるのである。私たちはなんでも戦争に起因させるくせがあるけれども、そういう一見つじつまがあうような理屈に、実際はうまくはまってくれない。

それでは、いつか必ず、背広で顔をかくしながら警察へひきたてられるような破目におちいるとして、自分はどんなことでそうなるだろうか。それがさっぱり見当がつかない。見当がつかないけれど、だからといって、その実感が遠のくわけではない。

同じ犯罪でも、ひどく嫌悪感をもよおす種類のものと、それほどでもないものとある。ひどく嫌悪感をもよおすもの、たとえば殺人などは、だからやらないかというと、むしろそれこそ、大狼狽の末、うっかりやってしまいそうな気がする。

いつだったか、自分の今後の有様が、何十種類もカットバックされて現われる夢を見たことがある。今後書き記す小説の題名が連記されていたり、怪我や病気の場面が具体的に現われたりした。関係する女も、一人一人出てきた（その中にまだ会ったこともない知人の妻君がいる）。そうして、最後は、深い穴の中に落ちこんでいく。それがどうも、絞首刑のイメージのようでもある。

私は、血気さかんな若い一時期をのぞいて、ひどく用心深く、臆病にすごしてきた。そうなってしまうのは、いつかきっと、大失敗をやらかして、背広で顔をかくすようになると確信しているせいでもある。だから、たとえば反体制的な行為をしなければならないときにも臆病このうえもない。そうであるからまさに、その反体制的な行為に走ってしまって刑吏の手にひきたてられそうな気もする。

それはそうと、数日前、参院予算委の証人喚問ドラマをテレビで眺めていた。例によって、自分の身体の一部が、証人として登場しているような息苦しさを感じる。私は海部（一郎・日商岩井元副社長）氏に好意を感じていないが、そんなことは関係ないのである。

海部氏の苦しさ、疲労、そういうものをひしひしと我が身に感じる。着席するときの腰の落ち方、重圧で眼蓋がふさがるような感じまでわかる。また有森氏が沈黙する間の緊迫が他人事でない。

ああ、大変だ、地獄だなァ、そう思う。

どうしてその地獄に行きあう破目になったか、ということとは無関係にそう思うのであるから、口にしても意味がない。ただ、自分もいつか――、と思うのである。

質問に立つ国会議員諸氏は、私たちの代表の筈であり、それはよくわかっているが、同時に、私にとっては実に厄介な存在でもあり、その顔つきが憎々しく思われる。

ずいぶん前に〝十二人の怒れる男〟という陪審員たちを主人公にした映画があったが、もしかりに私が陪審員に指名されるとなるといずれ我が身、という実感をねじ伏せないかぎり、どうにも動きがとれない。けれどもまた、その実感をきれいにねじ伏せてしまって他人事として裁くのがよいとも思えない。

いずれにしても人を裁くということは、辛い行為のはずで、そこのところが国会議員諸氏にやや希薄のように思われる。

雑木の美しさ

最近、山の中の過疎村を訪れる機会が二度重なった。

一は和歌山県那智勝浦町から車で小一時間ほど山にわけいったところにある色川郷というところである。ここは私の家系のルーツにあたるところだと以前からきかされていたので、一度行ってみたいと思いつづけてきた。平維盛の末裔と称する落人部落で、たくさん記したいことがあるが、今回は要点だけにしたい。

海抜八百五十メートル、しかし海ぎわからじかに山を這いあがるのでかなりの高さを感じる。ところどころ、見晴らしのきく場所からは太平洋とともに、伊勢、紀伊の山々がうねり続くのが見え、頂上からは大和の山まで遠望できるという。山の勾配のほんのわずかな緩みを利用して、点点と人家が集まっている。

人口八百人のうち、三百人が六十歳以上だという。小学校の生徒は全学年あわせて数十人だそうであるが、水あくまで清く冷たく、空気が甘い。車の行く手の路上から、番《つが》いの雉が飛び立ったりする。

おや、と思ったのであるが、道ばたの人が老若いずれも、いい顔をしているのである。役場に居た青年たちも、農協の女事務員も、女教師も、巡査も、それぞれいい。汚れのない美しい表情をしている。

へんなたとえだが、先年、車で通過した漁師町の犬のことを思い出した。いきなり路上に走り出てきた犬を見て、あ、あれが、犬の顔だな、と改めて思った。東京で繋がれている犬の顔は、こうして見ると生き物の顔ではなかった。

もっとも、東京の人間は生気はないが、先にわずかな希みを託して行儀よくしている。地方都市の支社（乃至工場）サラリーマンはもっとひどくて、はかない希みすら持てず、刹那的な表情にならざるをえない。

色川郷は海近くで南国だから、山の奥にもかかわらず、風物が明かるい。しかし、夜は深いだろうと思う。すると老人が、こういった。――なァに、近頃の森は明かるいからね、昔の山はもっと暗かった。

近頃は、檜や杉や、金になる木を植林して、育つとどんどん伐ってしまう。昔は雑木が鬱蒼と茂っていた。日本の山は、放っておくといずれも雑木になってしまうのだそうである。

旅館もなく、当地に住む地誌研究家も御不在で、私は心を残しながら半日で山をおりた。また来てみよう、と思った。そうしてまもなく思いがもう少し募って、ここにしばらく住みついてみたいなァ、と思うようになった。

それから二週間ほどして、偶然のことから、愛知県岡崎市から車で四十分ほど山にわけいったところに住む人を訪ねて泊った。

それは私の若い友人の友人で、若夫婦に子供二人、過疎で無人になった百姓家を無料で借りて五年前からここに住んでいる。

夫は彫刻を志しているが、木工をして生活の資を得ている。夫婦とも東京育ちで東京に親が居る。山中の一軒家とはいえ、もちろん車も電話もテレビもあるが、週に一回、食料品店の車が巡回してきたときに、一週間分の食料を買いこむのである。二キロほどくだったところに、日に何本かバスが来ているが、小学校には四キロあり、一年生の頃から歩いてかよっているのだという。悪天候の日以外は車の送迎をしてやらない。上の男の子は四年生で、冬場など帰り道でとっぷり日が暮れるという。

試みに、夜、家の外へ出てみると、深い闇で、足が先に進まない。

私たちが訪ねた日は祭日で、子供たちは近くの家の車で、川下りとリンゴ狩りという楽しみを味わいに行っており、夜帰ってきた。どんな子だろうと思っていたが、兄妹ともに母親似でつぶらな眼をしており、楽しみを満喫してきたらしく、甲高い声でよくしゃべった。

妻君は豊かな家の育ちで、最初は、掌が荒れるから水仕事はしないといって、夫が食器洗いから洗濯までやっていたそうである。若い友人をはじめ周辺は、いつまで続くかと笑っていた。それが今度いって見ると、話の合間も、ごそごそと板の間を雑巾をかけてまわり、夜ふけに談笑していても彼女の声が他を圧した。夫に対しても子供に対しても見事な妻であるばかりでなく、自身も山の暮しにとけこんでいるように見えた。

友人は、この妻君と女学校時代の同級生で、銀座で酒場のマダムをしている。美酒佳肴に慣れているが、しかし独身で、連休になるとこの山の中にやってきてしまう。

「都が恋しくならない――？」

「そうね。でも、亭主が絶対に街はいやだっていうから。年に一度、行くからいいわ。万一、亭主が死んだらね、そのときは戻るから、あんたの店で使って頂戴」

「年増はあたし一人でたくさんだけどね」

そういって二人で笑った。

子供は中学になれば、二キロ歩いてバス通学をするのでかえって楽だという。その上の学校にもし行く気があれば、東京の親もとに預ける。

亭主は寡黙な人らしかったが、一人でそこから九州に向かう私を駅まで送る役をみずから買って出てくれた。私たちは車の中で、美について、いろいろと話しあった。

低く連なった周辺の山々が、紅葉で半分ほど染まっている。このへんの山は小さいので、那智の山とちがって檜や杉を植林したりせず、雑木のまま放置してあるらしい。

「けれど、山は雑木がいいです。ホラ、見てやってください。いくら眺めていても見飽きがしないでしょ。あれが美ですよ。植林なんかしたらもういかん」

彼はこうもいった。

「山は山らしく、在るべきようになってますからね。ここに住めて幸福ですよ。今の目標は、働いて、あの家と敷地を買いとることです――」

ばれてもともと

「ドリルって、どこに売ってるかしら――」

と南田洋子さんがいう。

固いものに穴をあけたりする、あのドリルならば、

「――日曜大工の店にいけば、近頃はあるンじゃないですか」

「小型のでね。電池で動くようなのが、欲しいの」

「ふうん、ドリルに使用するような強力な電池があるかなァ」

「そうかしらね」

「どうするの」

「いつも持って歩きたいの」

「――なるほど」

颱風の夜、私たちは彼女の家の半地下のゲーム室で風の音をききながらコーヒーをすすっていた。

「つまり、地震対策というわけね」

「あたし、水も買いましたよ、携帯食糧も。でもそういうものだけじゃなくて、まだいろいろ必要なのね。それなのに必要なものがちっとも開発されてないみたいで、自分でひとつひとつ探さなくちゃならないわ」

たしかに、外国の地震のニュースなどを見ていると、崩れた建築物の下に埋まってしまって、生埋め同様、乃至は下敷きのまま何日も細々と生き長らえるなんていう状景がある。あれは怖い。たえず携帯できる小型ドリルがかりにあって、非常のときの役にどれほどたつかどうかは別にして、当然、ドリルや小型ハンマーを手に入れたいという考えに至るはずなのに、私は今までそういう発想がついぞ湧かなかった。

もっとも私は、ドリルどころか、水も食糧も用意しないし、何ひとつ地震対策らしいものをしない。地震による災害は、いつか必ずあると思っている。また、戦争育ちだから、非常のときになって、日常品のひとつひとつがどれほど貴重なものになるかも、骨身にしみて知っている。地震で死ぬなら天命だ、などという軽口を叩いているわけでもない。

にもかかわらず、何もしない。こういうのは怠慢というだけのことで、いざとなって自分になんの申し開きもできない。

けれども、そこを前提としていえば、水や食糧を買いこんで、それでなんとなく用意をすませたように思っている人々も、結局のところ、怠慢に侵されている点では私と五十歩百歩のように思う。ただの概念でいくらか気持を安んじているだけであって、実際には、非常の際に必要なものがたくさんあろう。

南田洋子の、ドリル、という発想はユニークであると同時に、物事を丁寧に考えることの証拠であるように思う。彼女は今、テレビの仕事で毎週五日間は大阪でホテル暮しをしているが、中之島の某ホテルにしか泊らない。その理由は、このホテルの建築が比較的本格的に思えることと、隣りが小学校、前が河で、空間に囲まれているからだそうだ。そうして、そこで、ドアが開かなくなった場合、壁と一緒に倒された場合、いろいろの場合を想定して七つ道具を持たなければならぬ、と考える。危ないのは東海だ、関東だ、といわれても、そういう説を思いこまずに、大阪でそう考える。しかも彼女はべつに地震恐怖症におちいってだけいるわけではない。彼女にとって地震は、我々同様、今のところさりげない恐怖でしかない。だから、多分、仕事や家庭や、さまざまな事柄のひとつひとつを丁寧に考えることのできる人なのであろう。こういう丁寧さというものは私などおおいに見習うべきところで、いくら丁寧にしてもしすぎることはない。

嵐の中を南田家を辞して、深夜タクシーを我が巣に走らせる。風に逆らって走るとき、車がよたよたと左右にぶれるのを感じる。すると女房がときどき呟く言葉を思い出した。――嵐の晩はきっと家に居ないのね。地震の晩もね。それから引越の晩も。居てほしいと思うときは、きっとね。

それでいくらか手柄顔に家に立ち戻ったが、女房は寝てるのか、ベッドで身をすくませているのか、現われない。そそくさと仕事机の前に坐ってしばらく風の音をきく。屋根の上にあるテレビのためのアンテナが倒れたらしく大きな音をたてる。その音をきっかけにして女房が私の部屋に来た。

「Kさん、どうやら命だけはとりとめたらしいわ」

「――電話があったのか」

「Sさんからね。――倒れないかしら」

「――家がか？」

「いかにも倒れそうな恰好よ、この家。ほら、揺れてるわ」

「倒れたらその恰好で寐りゃァいい」

　Kは関西で一級品と謳われたばくち打ちで、近頃は東京に出て来ていたが、先頃、交通事故にあった。箱根で常盆があり、朝近く若い衆に運転させ東京に帰る途中の奇禍で、峠道にさしかかった時、無免許の若者の車がまともに前から来、あわてて避けようとして横っ腹にぶつけられた。後部座席で身体を横にして寐入りかけていたKの頭部の方に当った。瞬、――何したんや！　とKが叫び、畜生、当てられちゃって、と若い衆が外に飛びだしかけたが、

「足、ないわ――」

　びっくりして若い衆が見ると、Kの身体に異常はなく見える。

　それでも、もう一度、

「足、ないでェ」

そういってKは悶絶したという。

女房の話では、植物人間になることだけはやっとまぬかれたらしいが、下半身麻痺、便もたれ流しらしい。とにかく一瞬のことで、彼自身とことん気にいっていた生き方を失ってしまった。Kは強制的に入らされる車の保険以外に、何ひとつ保険に入っていない。

私も、天災にしろ事故にしろ、ほとんど無防備の生活をしている。子供が居ないせいもあるけれど、蓄えも作ろうとしない。無考えであり怠慢であるけれど、どうもそれだけではないらしい。災害というものに対してなんとなくあっけらかんとした気構えがある。もちろん一言でわりきるわけにはいかないし、平常からそんな言葉を用意しているわけではないのだけれど、いざ悪い目をひいてしまったとき、内心のどこかで、

(――ばれてもともとさ！)

と思いそうな気がする。

四十年前の東京空襲の頃、今日焼け出されるか明日焼け出されるかと思っていて、よく考えてみると、個人的には家を誰かに焼き払われるようなことは何ひとつした覚

えがないが、さほど不条理と感じなかった。これが戦争というものか、と思った。それで、何もかもパーになって、もとっこさ、という気持が生じた。あれはどういうことだろうか。実際、戦争の勝ち負けとか日常の不充足とかとはべつに、薙ぎ払われた焼跡の生活が妙にすがすがしく自然に思えたものだ。

今でもその印象は消えない。みっしり建った建物や、ありあまる物資が、余分な飾りに見える。もとっこのところは、あれじゃないか。戻るのは怖いけれども、いつか戻らざるをえないようでもあるようだ。

或いはそう思いやすい体質もあるのかもしれない。ばれてもともとなのだから、そうなるまで、できるだけいろいろなものをかすめとっておこう。

だからどうも、諸事にわたって丁寧な処理というものができにくい。要点から要点の生き方になる。私とほぼ似たような年齢のKも、彼流に呑み打ち買い、破戒であろうと彼の要点だけの生き方だったが、私もほぼ同じように、自分の要点だけを気合でしのいできた。私たちのようなタイプに共通なのは、かすめとって生きている以上、ばれてもともとだが、これが身のほどなどということは考えない。

要点だけで勝手に生きてきて、それで充足したかというと、なにそんなこともない。

絶えず隙間風が吹き抜けているのであるが、もうここまできたら容易なことではペースを変えられない。変るとすれば、もう一度もとっこのところへ帰ることか。そう思うと、天災や事故が、なんだか生き生きしたもののように思えてくる。私はKの不幸を、さほど同情していない。

Kを病院に見舞ったSの話によると、Kは下半身を見放されたばかりでないらしく、両腕のリハビリテーションを寐たまま細々とやっていたが、Sを見て、

「おめこ、やれんようになってしまってよ！」

頓狂な声を張りあげて、まずそういったそうだ。

養女の日常

　私は物事にあまり見境いをつけない方だから、ともすれば家族も他人もごちゃまぜにして暮したくなる。どちらかといえば、家の中も、外と同じように、さまざまな人で充満している方が好ましい。もっともカミさんはやっぱりひとつの仕切りを設けたいらしいから、私のやり方でどこまでも伸び拡がるということにはならないが。

　それでもなんとなく手伝ってくれたり、手足を伸ばしたりして帰っていく若い人たちが何人か居る。歴代の名簿をつくればけっこうな数になるだろう。来客に紹介するときは、

「うちの養女でね。この人は十三人目の養女――」

などという。まァシャレであるが、養女ばかりでなく、養子も多い。中には養父という人も居る。定職のある人は仕事の合間に、フリーの人はこちらのスキを狙って来る。しょっちゅう来ていて、ある日、都合で去っていったりするが、またいつか来るようになるかもしれないから、けじめがつくという感じはない。

飛び立っていった養子養女たちがどうやって生きているか、わからないことの方が多い。昨年、夜の新宿を歩いていたら、ばたばたっと走り寄ってきた女が居て、しばらく立話をした。私は一緒に居た友人に、

「あの子も、養女の一人でね——」

と説明した。昔、私のところに毎日のように来ていた頃は画学生だったが、今は、派手なネオンをつけた店で働いているらしい。

それからほぼ一年の間に、二度、その店の前を通った。入っていったことはないが、二度とも、まだ居るのだろうか、と思って眼がそちらの方に行く。

それはそうとついこの間、カミさんが四五日家をあけることになって、比較的新しい養女のA嬢が家事の手伝いがてら毎日来てくれた。A嬢は大学を優秀な成績で出て、二三年勤めたが、感じるところあって脱サラを実行し、このところは臨時の仕事をと

きおりしながらマイペースの生活に徹している。けれども地方の親もとを離れてのまったくの一人暮しであるから、なにかと思うにまかせない条件もあるだろうと思う。カミさんが居ない間、当方も助けてもらい、同時になにがしかの経済的な応援もしようというわけである。

なんだか彼女の悪口をのべるようで心苦しいが、その数日の間、あまり物驚きをしない私が、何度か驚かされた。重箱の隅をつつくような些細なことではあるが、ちょっとそれを列記してみたい。

A嬢は自宅では自転車で飛び歩いている由なので、カミさんの自転車で買い物に行って貰ったが、どうも自分用のでないと乗りにくい、といってまもなく帰ってきた。私の家は商店街に遠く、四方に点々とあるなじみの店に歩いていくのは骨が折れる。それで私が買い出しに行った。もっとも私はもともと買い出しは好きで、平生でも時間に余裕があれば自分で行くから苦にはならない。お米だけといでおいてくれ、といって出かけた。

私が買ってきた物の中に、殻つきの天豆《そらまめ》があったが、彼女がそれを見て、不意に笑い出した。

「こんなもの、どうするんですか」

「どうするって、お酒のつまみさ。うまいよ」

　A嬢は笑いやまない。

「ああそうか、殻を剝いた奴を買ってくるのか」

「いいえ、買いません」

「何故――」

「お豆みたいなもの、嫌いですから」

　その天豆は強火であおるように茹でたらしく、煮えすぎと生煮えがまだらになったような形で現われた。聞くと、ガスはいつも全開にして使っているという。

　それで私はあきらめて自分で料理の支度にとりかかった。しかしそのときすでに、米は、とぐと同時に火をつけられて、無惨に固煮えになっていた。

　しかし、A嬢は途方もなく浮わついた娘などではないのである。それどころか、とても内向的な物堅いお嬢さんで、私はもう何年も前から職場での彼女の静かな動きを好ましく眺めていたのだ。A嬢はまた内外の文学書をよく読み、その選択もかなりレベルが高く、コーヒーを呑みながら小説の話などになると、はるかに年上の私が一生懸命に言葉を選んでしゃべらなければならなくなるようなことになる。そうして私にはあらわにいわないが、できたら自分もいつか小説を書いてみたいと思っているようである。

　私のカミさんも一緒になった頃は、料理などまるで知らなかった。けれどもA嬢は、カミさんとちがって俗にいうインテリなのである。

　それでA嬢も、料理するより他人の造った物を喰べることの方が好きだが、一人暮しだから、とにかく折り折りには自分流のものを造っているという。

「あのね、俺はもう年だからね、この先何回食事ができるだろうかと思う。何回だかわからないけれども、とにかく有限の一回だから、贅沢というのじゃなくて、いいかげんでないものを喰いたい。食事ばかりじゃなくて、何事につけ、できたら、仕事と同じように、気を入れてやりたい。なかなかそうもいかないがね」

「なんだか、ご迷惑かけちゃったようで、すみません」

と彼女はいった。そういわれると私が、うまいのまずいのと不服をいっているようで心苦しい。

「いや、料理の話じゃないんだ。貴女は若いからその実感はないだろう。でもこの部屋にたった二人しか居なくて、もうそれだけ実感がちがう。そのことをなめない方がいい。その癖がつくと貴女が今後やろうとすることがみんな不正確で雑なものになってしまうからね」

A嬢はまず自分の日常をなめて、恣意的なものにした。自分一人の生活の中では特に破綻はおこらぬし、個性的にも見えたであろう。その点では私も大同小異だ。しかし他人の日常に入る折りに、感性をいったん原則に押し戻さなかったために、自分のと同じく私の日常をもなめることになった。その方向があぶない。そうして彼女の教養や志向するものと、日常次元を切り離して考えているために、どちらが大動脈で、どちらが末梢血管か錯誤してしまうようなことになっている。

A嬢は辛そうな顔で私の説教をきいていた。辛そうな顔をされると、私も柄になく我が身を忘れた大言を吐いているようでやりきれなくなった。

たったひとつの選択

どういう死にかたがよいか、と考えても、若い娘に理想の男性を訊くのと似て、やがて直面した死にかたをするより仕方がないから、無駄な考えに近い。

私は父親の不惑すぎの子供で、物心ついたときにすでに父親に老いを感じていたから、いつかわからぬが近い将来父親が死に、いつか自分もそれを踏襲していくのだと思わざるをえない。だから子供の頃から死というものを持てあまし気味にいつも考えていた。

それであっというまに五十を越した。私は来世というものを信じられないから、死を納得するのは容易でない。けれども、自分の身体が日に日に衰えていくのが呑みこめるし、多分疲れても居るのだろう。昨今は、それが、なんだかあたたかい夜具の中にでも身体を入りこませるもののように思えてきた。

同年代の友人にそういうと、

「それはイヤな考えだな。子供が居ないからそんなことを思うのだろう」

といわれた。しかし私が幼い頃から馴染み親しんだ人の多くは、もうこの世に居ない。来世は信じないけれど、まんざら見知らぬ所へ行くのでもないような気がする。それとはべつに、一生というものがこんなに短いとも思わなかった。芝居でいうと、一幕目が終るかどうかという頃合いに、もう残り時間がすくなくなっている。

私が何歳まで生きることができるか知らないが、たとえ何歳まで生きるにせよ、私の仕事である小説を書くという作業に必要なコンディションを維持するには、六十歳までくらいが限度であろう。それ以上生きることができたとしても、体力気力に相当なハンデがつく。

すると私が仕事ができるのは、あと五六年しかない。これが口惜《くや》しい。若い頃はそう考えずに、手早く小さくまとめようとしないでできるだけ時間をかけようとした。私は頭でこしらえる方でないから、できるだけじっくり生きて、自然に身からにじみだすのを待たなければならない。それが今はもうそんな悠長なことはできない。

たとえば十年かけてまとまる仕事を、駈足で二年でやったとて、私のようなタイプはろくなものができないのである。

するど、五年以内でまとまるようなテーマだけを手がけていくべきなのであるか。それとも、終点のことは考えず、あくまで十年がかりの仕事を手がけていって、途中で討死するのが人らしいことなのか。

いずれにせよ、一生をかけて、自分は何かを実らせるというところまでは行きつかないらしい。多分、多くの人がそうなのだろう。その点はせつないが、それなのに、死ということをあまり大仰に考えなくなったのはどういうわけだろう。

無責任のようだが、死んで、あとかたも残らなくてやむをえない。どうせ死ぬなら、むしろそうあってほしい。死んだ後も魂がゆらゆら漂うなどはごめんこうむりたい。

今はまだ安楽死が許されていないから、たったひとつ自分で選べる死に方は、自殺である。

やっぱり若い頃、私は自殺に対する抵抗力はかなりあると思っていた。これ以上恥をかきようのないどん底を早くに経験していたから。けれどもそんなことはぜんぜん当てにならない。もしピストルがあったら、すぐさま死んでいたにちがいないであろうということが、近年だけでも三度ある。一度などは、死のうと思って九州の涯まで出かけたくらいである。

私の友人でも、若い頃かなり強い生き方をしてきた人で、初老を迎えてなかば自殺に思える死に方をしているのが何人もある。それぞれ理由があって、自分から体調をこわし死に近づいてしまった。大きな声ではいえないが、私も、生死のことなどあまり大仰に考えたくない。

血の貯金、運の貯金

うんと小さい頃、人生というものは、生まれて、育って、そして死ぬのだ、というふうに思った。どうしてかというと、私は父の四十すぎの初子で、父と母は年齢が二十も離れている。私の子供の頃、父は五十すぎで、母は三十ちょっと。すると、父と私のちょうどまん中のところに母が居ることになる。幼いのと、まァ盛りのと、衰えはじめたのが、家の中に顔つきあわせて居るのだから、これは図式的に非常にわかりやすい。

家長である父は、退役軍人で家の中で一人で威勢を張っているが、同時に衰えはじめて死に向かっている人であり、その父に組み敷かれている母は、生命力の豊かさを隠そうにも隠しきれない。どうも人間というものはすべてうまいことずくめにはいかないものだなァ、という感じを受ける。そうして同時に、矛盾論ではないが、威勢と衰え、服従と生気、相反するものが微妙なバランスを保っている、それがこの世というものだ、というふうな認識を持った。

一方私は、頭の恰好がいびつで、子供の頃奇型意識のようなものを自分で育てていた。自分も、優れたもの、美しいものになりたいが、頭の恰好がわるくては、スタートからもうその資格がなくて、どんなにがんばっても洗練にほど遠いものにしかなれない、と思いこんでいた。

で、学校のように、皆を横一線に並べて教育するような場所は辛い。他の子は頭が不恰好でない。だから頭の不恰好な者の生き方は先生が教えてくれない。劣等感は主観的なもので、他人の判断はまるで役に立たない。

それで子供の私が、何よりも必要としたのは、人生とは何か、ではなくて、自分はどんなふうに生きていくか、だった。

この答えは、子供の間じゅう、出てこなかった。出てこないままに、やぶれかぶれで、ただ自分の気質に合うことだけをしていた。

大きくなったら、何になる――？

という大人の明るい質問が、私にもときおり来たが、私にとっては、どんな大人にならなれるだろうか、という問いの方がもっと切実に心を占めていた。どう考えても、大人としてちゃんと恰好がつくようになれるとは思えない。

私の発育期は、戦争がそっくりダブっており、お国のために戦って死ね、という思想（のようなもの）が世間の中核を占めていた。私が子供としては珍しくその考えに同調しなかったのは、一つは、生まれて、育って、そして死ぬ、ことが人生なら、途中で死ぬことを課されるのは非人生的なことだという思いがあったこと。もう一つは、他の皆と横一線に並ばされることを、何より苦痛に思っていたからだ。私はその前に、落伍者乃至失格者なのだと思っていた。それで、自分も、他の皆と同じような権利を持つことを恥じた。失格者なのだから、皆と競争はできない。自分を主張してはいけない。

私は劣等生であることに、安らぎのようなものを覚えた。本来の劣等である部分に加えて、みずから劣等ぶりを演じた。自分の生き方はここにしかない、というふうにも一時思っていた。

けれども、それは子供の私の行動半径での話で、戦時体制の波は私個人などにおかまいなく押し寄せてくる。私はゲートルを巻き、木銃をかつぎ、工場に動員された。その点では皆と横一線だったけれど、内容が私の場合ひどく劣等で、

気をつけ——！

と号令がかかると、なぜか笑ってしまう。緊張が笑いを誘発する。殴られても蹴られても同じことで、緊張と笑いというような矛盾は同居しているのが自然だという内心もあるけれど、それが建前ではないことはわかっているから、なんとか雰囲気に合わせようと思うけれども、やっぱり駄目。一事が万事、緊張一途になれなくて、劣等というより、問題外というあつかいを教師から受けた。

教室で教師が質問をする場合にも、席の順に指名していって、私だけ無視されて飛び越してしまう。それはとても哀しいことだったけれど、一方また、これが正当なあつかいだと納得する気持もある。

そういうことの積み重ねがだんだん深まっていって、負け戦さが見えてきた頃、中学を無期停学ということになった。直接のきっかけは、級友や工場の人たちと作って

いたガリ版の雑誌が配属将校にみつかったことで、発行兼編集人の私が、戦争非協力という罪名を教師から申しわたされるのだが、平常の私の素行が加味されての話で、まことにもっともな罪名だったと思う。

けれども私は、反戦というにはあまりに子供っぽく、生理的で、厭戦、というべきなのだろうが、それも厳密にいうとちがったように思う。私は反戦にも厭戦にも忠実でなくて、ただ単に私の生理で生きていこうとしていたらしい。

戦争に対してどんなふうに思っていたかというと、幼時にひょいと覚った矛盾論式の考えの影響で、聖戦にしろ、平和にしろ、それぞれ幾重もの矛盾で成り立っているもので、それだけのことだから、あるべきようにあるしかしようがないのだろうと思っていた。ただ自分としては、どちらか一方の火の玉にはならなくてすめばそれにこしたことはないと思っていた。

当時の無期停学というのは、退学より重い罰で、退学は転校できるが、無期停学は無期懲役みたいなもので、追って沙汰あるまで謹慎すべし、ということである。思いがけず、戦争が終ったが、その直前の春には級友は卒業して上級学校に行っており、私だけ、落第でもなく半端な恰好でとり残された。

その最中の敗戦で、実に幸運だったと思う。あんな幸運というものはめったにないので、当時、これで私の持ち運のすべてを使いはたしてしまったかもしれないな、と思った。実際、もう一二年、戦争が続いていたら、皆と同じ悲運のみならず、私は私独特の苦境を迎えただろう。

生まれて、育って、そして死ぬ、という認識は、成人するにつれて、少し字句が増えて、生まれて、育って、盛りを迎え、それが原因で、衰える、という認識に変った。でも根本は同じようなもので、ほとんど今日まで変らない。

私自身の生き方に関しては、人生如何に生くべきか、というよりも、自分はこう生きるより仕方がない、これ以外には生きようがない、とみきわめがつく生き方をしよう、そういうふうに思っていて、それは決意のようなものになっている。

それで、その行為を選ぶ前に、じっと立ちどまって長いこと自問自答する。まるで亀のように愚鈍だが、他の人の例は参考にならない。自分の在り方を決定するのは、自分だけだ。もっともそれもなかなか自分ではたしかめられない。考えるといったって、何を考えたらよいのかわからなくなってしまう。

結局、自分の本能、気質、そんなものが決定権を握ることが多い。自分は、よかれあしかれ、他人とちがう。他人と一律には考えられない。それは頭の恰好に劣等感を持った幼時につかんだものだ。

けれどもそれは他人に対して説得力を持たない。あくまでも自分本位のことで、失敗しても自分だけのことだ。

だから、かりに他人から、人生観は、と問われても私は何も答えられない。自分には、自分だけの、これしかないという生き方があるだけだ、ということになってしまう。

どうも無責任なようだが、近年、私は、人間はすくなくとも、三代か四代、そのくらいの長い時間をかけて造りあげるものだ、という気がしてならない。生まれてしまってから、矯正できるようなことは、たいしたことではないので、根本はもう矯正できない。だから何代もの血の貯金、運の貯金が大切なことのように思う。

さらにいえば、人間には、貯蓄型の人生を送る人と、消費型の人生を送る人とあって、自分の努力がそのまま報いられない一生を送っても、それが運の貯蓄となるようだ。多くの人は運を貯蓄していって、どこかで消費型の男が現われて花を咲かせる。わりに合わないけれども、我々は三代か五代後の子孫のために、こつこつ運を貯めこむことになるか。

　どうも、人生観の訂正という註文で記しだしたけれど、私の場合、あまり大きな訂正の経験がないようである。もちろん、これは好運ということが前提としてある。私がいくら我を張ろうと、戦争がもう少し長びけば、ただの青年男子として一律に生き死にをしていただろう。

　そのかわり、今日でも、あいかわらず失格者のままである。頭の恰好の問題は、成人するにつれて、人は皆それぞれ固有の弱みを持っているものだ、というふうに思えてきたが、感性の癖というものはもう直らない。

　私は今でも、権利という言葉に弱い。生きる権利も含めて、自分には何の権利もないのだと思っている。ただ我を張って生きているだけだ。どうもくだらない男だ。しかし、私はこういうふうにしか生きられなかった。他の、もっといい生き方はできない。くだらなくとも、運良く生きていられるだけで、幸甚である。

霊柩車が欲しい

来客に、ぼくはもう駄目だ、というと、また口癖がはじまった、と笑われる。

なるほど二十年くらい前からいいはじめて、偶然、長続きしているけれど、あの当時でも本当に駄目であった。しかし駄目にも奥行きがあって、年に再々、改めてもう駄目だという気分になる。

それは四六時中、私と一緒に居ないとわからない。私は深刻な病人なのだけれど、一応常人のように起きてうろうろしているから、その病状の深刻さが、他人にはわからない。

その証拠に、私の日常を眺め暮しているカミさんなどは、世界一の駄目男だと思っている。

ナルコレプシーという病気も、おいおいと知られてきて、私のことをナルコちゃんと呼ぶバーのマダムも居るほどだけれど、何病でも同じだが、病気の苦しさは本人にしかわからない。

代表的な症状は睡眠発作だけれど、脱力症状もあるし、幻覚症状もある。苦痛が独特でなんだか文学的な病気であり、具体的に説明しがたい。健康人は、よく眠れて幸せですね、なんていう。眠りは眠りだけれども、健康人の眠りとはちがうのである。

昔は、この病気は病気とは思われなかった。そういう気質だとされて、ただ、怠け者と呼ばれていた。ものぐさ太郎という民話は、ナルコレプシー患者を描いたものであろう。外見丈夫そうなのに、ただうつらうつらとしていて働かない。しかし太郎氏も好んでそうしていたわけではないので、弁明のしようもなくて辛かっただろう。

発病期は十代前半が多いとされている。小学校の五年まで勉強ができたのに、六年になったら急にできなくなった、なんていう子が居るが、昔は悪い友人のせいだとかいわれたのが、今はこの病気だとされる。但し、初期は自然治癒が多いそうだ。

病名が知られていないせいで、今でも困るのは特に主婦の場合で、ご亭主はじめ家族が認定してくれないと、たるんでいる、ということになる。医者でも専門外だとなかなかこの病気を思い出してくれない。私が折りあるたびに病名を持ちだすのは、こういう病気があることを、広く知られてほしいという意味も含んでいる。

近年になって発作をとめる薬もいろいろ開発され、薬さえ常用していれば、普通の人と変りなく働けるようになった。運転の仕事をしている人も居るほどだ。以前は、この病気になると、まず職場離脱だった。なにしろ健康人と同じシステムでは行動できないのだから。

幸いなのは、この病気は進行が緩慢なので、死病ではないことだ。この病気で死ぬ前に、たいがいは他の病気で死んでしまう。しかし、そうはいっても、病気の度合があり、人によってさまざまだ。

私のように、不摂生ばかりしていると、進行もわりに早いらしくて、我ながらかなりの重症だと思う。医者にいわせると、私ぐらいの病状で、仕事をし、さらに遊びまでするとは、奇蹟的であるらしい。

今、そのナルコレプシーに、糖尿病、高血圧、動脈硬化などが加わり、ひどい黄疸をやっているから肝臓も駄目、心臓も腎臓もよくない。二十年ほど前からそれらが全部進行している。その駄目たるや深刻である。

私の師匠の藤原審爾に妙なところが似てきて、病気や外傷の問屋みたいになった。藤原さんは妙な人で、晩年、肝硬変と宣告された直後、石川県のおいしい酒を発見して、二十年禁酒していたのに、毎日呑むようになっちまった。私もそうで、病気は病気として受けとめているが、それと無関係に不摂生するところがある。他人が病人あつかいしてくれなくても文句はいえない。

ところで、秘密にしていたが、しゃべってしまおう。発作どめの薬を何種類か常用しているが、この薬が切れた場合、今の私は癈人である。ただ横臥したきりで起き上ることもできない。だから来客の前に現われる私は、私でなくて薬のお化けなのである。どうだ、驚きましたか。

といったって、どうということもない。ただ外出が大変だ。歩いていても、喰べていても、油断するとすぐ眠ってしまう。なにしろ我が家から歩いて三四分の駅まで夕刊を買いに行って戻ると、三四十分は寐こんでしまう。来客が二組続いても息もたえだえになる。

健康人というものは、べつに悪意でもなんでもないのだけれど、健康人の尺度でものを考える。私も病気がなければおそらくそうだったろう。

夕方出かける用事がある、というと、来客が、ああそれじゃ一緒に出ましょう、といって、その時間まで居る。べつにごく自然のことなのだけれど、病人としては外出の前に、出先で失態をしないように、できるだけ眠っておかなければならないし、いろいろ手順があるのである。

三十分ほど自動車に乗る、というそのことが、疲労を呼んでしまうとなると、これはもう常識外のことで、といって一挙手一投足、それを説明してるわけにいかない。

先日、今、一番欲しい物は何か、と問われて、霊柩車、と答えた。

霊柩車をマイカーに欲しい。あれは横臥して乗れる。外出の往復に横臥して行けば、訪問先でどのくらい苦しまずにすむだろう。救急車も横臥していけるだろうが、同じことなら霊柩車の方が趣きがある。

実際、人との面談を楽しみに出かけてきても、そこに至るまでに身体を動かしたために、暴力的眠気に襲撃されて、五分おきに便所に立って冷水で眼を洗うなんていう状態になることがしばしばだ。

一番困るのは、知人の芝居を見に行ったとき、よほど厳重に事前の処置をしていかないと、知らぬ間に失神したり鼾をかいたりしてしまう。退屈で眠るのではなくて、病状なのだけれど、知人にも観客にも申しわけない。

なんとか努力してと思えども、この病気の暴力睡眠を我慢できた人は、世界中でまだ例がないそうである。そうであっても、失礼にはちがいない。

なんとかお金を貯めて、霊柩車を買いたい。カミさんも眼が悪くて運転は駄目だし、私も眠り病では運転は駄目だから、若い美人をそのために雇いたい。そのお金のことを考えると、また眠くなってくる。

年を忘れたカナリアの唄

私自身もこれから老境にどっぷりと浸かるところだから、正直、手探りである。大体私はいつも、これがいいとかわるいとかの判断を（極端な場合をのぞき）あまりしない方で、下等な虫のように、事に臨んでちょっと動きを停め、触角ぐらいは揺らすかもしれないが、じっと黙ってまず身体の欲するものを探り、身体が教えてくれるバランスに身をまかせる方である。まず身体を動かしていく。運次第のようなところもあるけれど、身体の欲するところが、自分が欲する方角だと思う。失敗したらそれまでだ。

戦争育ちだから、子供の頃から無意識なものを含めて、なんとなくそうやってきた。

戦時体制だったから、むろん、大きな規制があったが、身体が動かないことは、しないというよりできなかった。それにはいろいろ方法があったが、結局、落伍してしまえばよろしい。子供だったからそれですんだのだと思われようが、私はそのために進学もできず、子供としては不似合いな孤立の辛さをたっぷり味わい、今もってそれは濃く痕跡を残している。私が子供でなく成人だったらどうしたか。すぐに滅んでいただろう。

もっとも誰を恨むこともない。私のは、反戦とか厭戦とか、そういうものでなく、ただ身体がそうならないことをしなかっただけで、単なる落伍者だっただけだ。

空襲下、焼夷弾が降りそそぐ現地に何度も居たが、そういうときは自信があった。逃げまどう人々の列が洪水のように、どの道にも満ちていたが、私はただ身体が動く方に逃げていっただけだ。理屈でもないし、辻で深刻に考えたわけでもない。どうやって逃げのびたか説明もつかない。ただ、私が行く道が助かるのだと思っていた。生き残れば何でもいえるが、そうじゃなくて、人々の判断や四囲の状勢なんて気にしないで、ただ一つ、身体が動かない方には行かない。それで助からなければそれまでだ。

満八歳から十六歳までの戦時体制の間に、自分の身体以外の物、他人、集団、国家、人間、そんなものはすべてただの他者だ、という思いが芽生えた。敵としての他者、提携すべき他者、愛する他者、いろいろあるけれど、つまりは自分の身巾《みはば》の外のもので、なんだかへだたりがある。同じ失敗をしても、外のものと心中するよりは、自分と心中した方がいい。

戦後の乱世も、その後の経済管理社会も、大勢の人と足並みを揃えられなかったから、ずっとアウトサイドに蟠まっていた。一匹狼だと、春夏秋冬、季節に合わせた顔つきをしなくていい。一帳羅のようにいつも自分の顔をぶらさげて、それでなんとか通用する範囲で生きている。

身体はだんだん老いこんでいくけれど、年齢なんか不詳ですんでしまう。年齢不詳、学歴不詳、住所不詳、それで新聞に訃報が出ると、あれッ、あの人はそんな年齢だったのか、なんて思う人が居るが、そういう人の方がじっくりしんみりとつきあえる。

名刺を交換し、履歴現職を披瀝したうえでの交際なんてものは、どうもうすっぺらい。そういうものはすべて身体の外のいいかげんな飾りにすぎない。

私は戦争体験もあって、身体の外の飾りの空しさを早くに知った。だから身巾の外にあんまり出ない。そのかわり身体そのものをちょこちょこ移動させる。

どうしても自分を律してくるような、自分より大きい外部の物があることは否定できないが、なるべく忘れてしまう。たとえば年齢なんかでもそうだ。

〝明烏《あけがらす》〟という落語の中に、

「俺は生涯、親にならない。伜ですごしちまう。つまりませんよ、親なんてもの――」

というセリフがあるが、私も、ある時点から、不良少年のままでいようと思った。たとえいくつになろうと、内実は不良少年。

放っておくと育ってしまう部分があるが、それは外側だけにしておいて、内実は、四十歳の不良少年、五十歳の不良少年、それでいい。みっともなくたって仕方がない。そうして不良少年のまま死ぬ。不良少年としてでなく死んだら、私の一生は失敗だったということになる。

子供を持ったりすると、これは少しむずかしいかもしれない。子供が中学生になり、大学生になり、孫ができたりすると、それ相応の親の顔つきを造りがちだ。だから私は子供は作らない。家庭も作って失敗だったと思う。知らないうちに、年齢相応になっている。

不良少年のままの気持でいられたら、たとえ淋しくても、不如意でも、仕方がないのである。どこかで望みを通したら、べつのところでべつの望みを我慢しなければならない。

年をとらない長生きの仕方、というテーマが与えられたが、ポイントはその覚悟ができるかどうかだ。逆にいうと、老人になることで得る物を拒否する覚悟さえあれば、不良少年として長生きできる。

もちろんそれは自己欺瞞である。酒を呑まないで酔っぱらっているようなものだけれど、それでいい。

もっともね、不良少年といったって、青くさいまんまではすぐに飽きてしまうから、それこそ時間をかけて自分で磨いていかねばならない。愛車の手入れをするように。

私は元来、変化を嫌う方で、子供のときに年齢に応じて半ズボンから長ズボンになったり、中学の制服制帽にしたりが、いちいち気になった。どうせみっともないのなら、このままじっとしていたい、何か変化して新たなみっともなさを背負いこみたくない。

けれど外見の変化はもうしようがないのである。どんなに踏んばったところで、年齢相応に老けてくる。私なんぞは、どう変化したってみっともないので、外見を整えようとしたってしようがない。

同じみっともなさなら、長年にわたって磨きこんだみっともなさがよろしい。六十歳になってまだ不良少年というのは、人が見たら狂人みたいなものだろうけれども、なに、社会の規範なんぞ、常にふらふらしているもので、それは私の経験で覚っている。

もちろん、不良少年というのは私の場合で、人におすすめしているわけではない。人それぞれ、自分が固執するところに寄り添っていけばよい。

人は誰でも、自分が一番熱望する人間に近いものになるものだ、という言葉がある。そうならない人は、熱望する度合が不足していたからだという。

私は、〈不良少年〉という一言に、自分の原体質があると思っている。不良少年にもさまざまな意味がこめられているが、とにかくこの原体質は離したくない。卒業して別の形に進みたくもない。

現社会は年齢相応にやるように規制されている観があるが、その眼から見ると、私などはおっちょこちょいの軽薄男で、わけのわからぬお化けみたいな存在であろう。いいじゃないか。どうせ皆、みっともないのだ。お化けを自認する度胸があれば、それもまた楽しい。

やや暗のナイター競馬

お暑うござんす。

しかし、暑くて、嬉しくてしようがない。私は夏は大好きで、その前の梅雨の頃はベッドにうずくまったきり、家人に口もきかなかったくせに、カラッと暑くなると、猛烈に食欲が出る。どうも私は夏痩せと縁がない。

過ぐる五月の末に、ギャンブル界から引退することにした。私もすでに五十七歳で、老残の身である。ばくち打ちは誰も彼も、四十の声を聞いたら足を洗おうと思い、口に出してもいい続けている。気力と反射神経が極め手である以上、打ち続ければ破滅あるのみと承知している。それで、四十でやめた者は、まず居ない。五十七で引退というのは、いうならば青葉城のようなもので、もう思い残すことはない。

ギャンブルにタッチしないと決めてみると、実に時間が豊かで、また懐中の銭も減らない。酒量も減ったし、女遊びもしないし、出銭といえば仕事場の周辺で冷しソバを喰うくらいだから、十日くらい前の一万円札が、まだポケットに折れ曲って入っていたりする。

風がそよぎ、鳥が唄う。空の蒼さも今さらのように眼にしみる。時間というものは、あたふたとさえしなければ、まことに贅沢に使えるものだ。

これで仕事をしないでいいのなら、実に健康な日々を送れるのだが。

かかるところへ漫画家の黒鉄ヒロシさんから電話があり、

「もしお閑だったら、ナイター競馬に行きませんか」

「ははァ、なるほど」

「某出版社の肝煎りでゴンドラ席がとれたので、皆でうわっと遊んで、それであとで反省会をやろうという——」

「面白そうだな」

「おいそがしいですか」

「いや、閑なんですがね」

「じゃ、涼みがてらでも——」

「ええ——」

「なんだか変だな。誰かそこに居るんですか」

「いや、行きますよ。喜んで」

「それじゃ後でまた——」

黒鉄さんはメフィストフェレスを髣髴とさせる小悪魔で、この人から電話がかかると、とたんに私は身体がしびれてしまう。ギャンブル界を引退はしたが、競馬場に行って悪いという法はない。行っても、馬券を買わなければ、良心に恥ずるところはないはずだ。しかも、本誌のこの小文がはじまるところで、取材のつもりで行ってこよう。

大井競馬場が客寄せのために、ナイター競馬を発案した。ギャンブルレース場はいずれもだが、特に地方競馬は売上げの落ちこみが烈しい。不景気が長いからね。不況、好況、不況と波があるときは、むしろ不況の方がギャンブルが栄えるのだが、目下は、どこかで好況に変る当てがない。四十年も続いた平和のおかげで、皆がじり貧になっていく。皆、それを承知しているから、暮しが守備型になる。

ウィークデイの昼間、四ヶ所も五ヶ所も押し合いへし合いしてやっていて、高いテラ銭を払って、よく人が集まるものだと思う。今、公営レース場の一ヶ所あたりの入場者が、東京近郊で、小一万人ぐらいであろう。それが大井のナイター競馬は、初日四万人、二日目三万人、と記録されている。まず成功の部類であろう。都心に近く、夏、物珍しさ、という条件もあるが、会社の帰りにちょっと二、三鞍やれる、となると、ビアホール代りの利用客が増えるかもしれない。

「雨が降ってきたらどうするのかね」

「それより、停電が怖いよ。レース中に停電したらね」

「騎手が帽子にカンテラをつけて走ればいい」

「炭坑レースだな」

「やや重、じゃなくて、やや暗、という馬場状態があったりしてね」

人々は楽しそうに遊んでいる。けれども、涼しいのは指定席の客だけで、試みに階下に降りてみると、一般席はまためっぽうむし暑い。

「蚊が居るなァ、蚊が――」

「今に、この辺の蚊が、今夜は開催だってんで、大挙して集まってくるかもね」

黒鉄ヒロシ、画家の長友啓典、役者の小林薫、故夏目雅子の旦那伊集院静などが集まっている。

「おそかったですね」

「いや、ちょっとね、ビールを呑みに来たんだけど」

黒鉄さんなどは、自分の予想表をコピーして皆に配っている。

「それで、どうなの。当ってる」

「五鞍のうち、四つ当り。念力ですよ。今日の死目は4枠。死目まで当っちゃうんですから」

ビールを呑み終り、試みにその死目の4をからめて、ほんの少し、遠慮しながら買ってみると、4―7と来て、六千数百円の穴になった。これだから困る。引退したとなると、未練が残るように、ギャンブルの神さまがちょっと頭を撫でてくださるのだ。神さまの思惑ぐらい百も承知で、ふたたびあの地獄に戻る気はさらさらないけれど、掌の上の配当金がなんとなく落ちつかない。

黒鉄さんが、私が現われるや、ツキの風が変ったといって嘆いている。

「明るいうちでなくちゃ駄目だ。昼競馬のデータで予想してるんだもの」

「ナイターやったら、馬の血圧を知りたいな」と長友さん。

「朝型、夜型ってあるでしょうが。血圧の低いのは夜に強いんだよ」

「じゃ、朝の調教で走らなかった奴を買えばいい。それが夜型なんだ」

「ややこしくなったな。しかし、馬ちゅう奴は、いったいどんな気で走っとるんやろ」

馬は、特別なことは考えていないだろう。スタンドの我々が特別な考えなしに来ているように。

「いいねえ、ナイター――」郵便局長みたいに固い顔つきのおっさんがいう。

「中央競馬なんかもういかない。遠いし、混むし。ナイターに限る」

でも、ゴンドラ席は昼前に売切れだそうだ。すると、ナイターのために一日潰して並ぶか、プレミアつきのヤミ切符に頼るか。

最終レースが終って見ると、掌の中にははずれ馬券だけがあり、トータルでマイナスになっている。まわりを見ても誰も儲けた者はないらしい。

「でも、楽しかった」

「よく遊んだね」

我々もそうだが、近頃の客の、なんと静々粛々としていることか。地面をまっ白に埋めたはずれ馬券。

「うわァ、この無駄使い――」

なるほど、結果的には恐ろしいほどの無駄使いだ。その中を黙々として、お勤め帰りのように、皆いっせいに、帰る、帰る。

「さァ、反省会だ」

遊びに反省はつきもので、反省も遊びにしてしまおうというわけ。誰かがそこでのっけにいった。

「この企画の言いだしっぺは、誰なんだよ――!」

高校生の喫煙

甲子園で出ている高校生が、かくれて煙草を吸っていたところを写真誌に狙われて、謹慎処分を受けているという。

どうも私のような不良少年あがりは、こういう記事を見ると、ガヤガヤ騒いでいる大人たちの、無能で鈍な印象の方が強く頭に残ってしまう。

いいじゃないか、煙草ぐらい。くわえ煙草で野球をやっていたというならともかく、かくれて吸っているというあたりがかわいいじゃないか。

私どもの中学生の頃は戦時中で、煙草は貴重品であり、手に入りにくかったけれど、それでもクラスの3/4は、なんらかの方法で吸っていた。

今、高校生で、煙草を吸ったことがないという者が、はたしてどれくらい居るだろう。もちろん吸わない奴は居る。吸わないやつは成年になっても吸わない。

本来、処罰されるべきことというものは、他人や周辺に被害を与えることなので、その点からいうと未成年者の喫煙は、加害も被害もなく、道徳違反というに近い。ばくちなんかもそうで、こういう道徳罪というものは、その道徳が移り変ると成立しにくくなる。公営ばくちはよいが民営はよくない、というのは単なる都合の問題であって、煙草にしてもお上が売れればいいというわけだ。専売公社が民営になっても、その中身はそう変ったとは思えない。

話が横すべりするけれど、今、基地《ベース》ではアメリカの煙草が六十円で買える。むろんこれは税金の問題があるけれど、これだけ円高で外国煙草の値が下がらないのはどういうわけだろう。口銭を多くとられるような気がするから、私は外国煙草を吸うのをやめた。

さて、近頃は寿命が延びるのにつれて、人間が成熟するのもおくれているらしい。人生五十年の頃は、元服が十六歳だったが、近頃は、大学を出て数年、三十近くならないと一人前の社会人とはいえないという。もし、喫煙という悪習に子供の頃から染まっちゃいけない、というお諭しなら、高校生が親から貰った小遣いで煙草を吸うのは早すぎるかもしれない。

けれども、成熟するのは三十前だが、身体の発育の方は逆に十年くらい早くなっている。小学生で初潮があるというくらいだ。アルバイトだって昔よりずっと盛んで、皆、自分の稼いだ金を持っている。そうすると未成年という線は、小学校卒業のあたりにおかなければならなくなるだろう。

建前というものは、そういうふうにいいかげんなものなのである。要は、建前を心得ているかどうかだ。かくれて吸うなんというのは、建前を無視していない証拠である。

もし喫煙で野球ができなくなるのならば、これからは、強い学校が出てきたら眼を皿のようにして生徒たちの喫煙を見張って居て、写真をとって大会委員のところに持っていけばよい。ライバル校を落とすのはそれがもっとも手っとり早い。

そうでなくたって、写真週刊誌の影響か、近頃は、うの日たかの目で、他人のエラーを見張っている奴が多いのだ。そうしてすぐに密告する。いやな世の中になったねえ。

エラーをした者が、恐れいって建前を尊重し、謹慎してしまうのは、俺はエラーをしてないぞ、という顔をしている奴が居るからだ。テレビにも、新聞にも、人の眼に立つところで、そういう奴が多すぎる。一度、うわっと皆の身体をひっぺがして、裸にしてみたら、なんだ、お互いさまじゃないか、ということになって、皆の気持がすがすがしくなるのではなかろうか。

同じすっぱ抜き写真がはやっても、

「ツイてないな、おい」

「そうなんだよ、ごめんなさい」

ぐらいですんで、お互いに許し合うことの快感を覚えるのだろう。

私が十七、八の頃に、大戦争に負けて、焼跡で飢えて日を送っていた頃があった。衣食住、すべてなんにもない。喰べ物は配給制だったけれど、遅配に次ぐ遅配で、誰も配給に頼っていたのでは飢え死してしまう。

で、皆、ヤミ物資に手を出した。もちろん違反で、ヤミの買出しなど警官にみつかれば即とりあげられてしまう。

つまり、一億総違反をやってしのいできたので、その時分、週刊誌が買出し写真をとってすっぱ抜いたって誰も面白がらない。あの頃はよかったな。誰も彼もが、スネに傷もつ身であることをちゃんと意識し、また、スネに傷をつくらなければ満足に生きていけないということも、知っていた。だから、簡単に他人を笑ったり見下したりしない。

ヒロポンやアドルムが大流行した頃で、だから喫煙がどうのこうのなんてところまで手が廻らない。ヒロポンなどは、私の中学生の時分は、錠剤を試験勉強に使っていたのである。薬屋で堂々と公認されて売っていたのだ。なぜ、世間がうるさくいわなかったかというと、特攻隊がヒロポンを呑んで神経をたかぶらせて出撃していく。だから禁止できない。道徳律というものは、かくもいいかげんなものなのである。

そういう乱世も束の間で、物資が出廻り、世の中がおちつくとともに、組織社会の枠組ができ、やたらに道徳的な顔をする連中が増えてきた。

そうしてその連中と軌を一にして、道徳的な顔さえすれば本線に乗っかれると思いこんでいる連中も増えた。一億ニセ道徳家の時代である。特に、教育を仕事にしているような連中がよくない。

未成年といったって、感性は大人とそう変らないどころか、もっとヴィヴィッドなものだから、子供にはすぐに大人のニセ物ぶりがわかる。

今度の謹慎生徒だって、こういうことで社会のニセの枠組を感じとっているだけであろう。そしてそのうちに要領のいい大人になっていくのだろう。


話はちがうけれども、先年、昔の浅草でレヴュウにたずさわっていた作者や役者の生き残り数人と呑んだことがある。

いずれも七十代、八十代に近い人も居てご隠居さんであるが、わりに自由人だから、したがって現今の世の中では、ご隠居でなくてもはずれ者になってしまう。

小料理屋をやっている元仲間の店に集まって、焼酎を夜を徹して呑んだ。自由人は酒を呑むとなると朝まで呑む。その結果、八十歳の虎になってまわりに厄介をかける。自由人は始末がわるい。

「俺たちはポン中でよかったなァ――」

と誰かがいいだした。

「本当だな――」と皆がうなずいた。

「アル中だったら始末がわるかった。ポン中だったんで助かったよ」

ヒロポン中毒は隔離しておけば、まァ治る。アルコール中毒は、酒をやめて症状を停止させるだけで、身体が元の状態になるわけではない。で、アル中なら仕事なんかできなかったよ、という。人によっていろいろな慰め方があるものだと思った。

タクシィの中で

つい先日、タクシィに乗って、

「池袋まで――」

「――え？」と運転手さんがいう。私は声が低いので、ちょっと大きい声を出して、

「池袋――」

運転手はこちらをふりむいて、

「――ええ？」

という。太縁の眼鏡をかけた、四十恰好のどことい って特徴のないおとなしそうな運転手さんである。

かくてはならじと私は身を乗りだしてほとんど叫ぶような声で、

「池袋——！」

運転手さんは思案するようにしばらくじっとしていたが、今度は向こうも私の方に身を乗り出し、耳に片手を当てて、

「——ええ？」

車はもう動きだしている。メーターもガチャンと倒されてしまった。おりるというわけにはもういかないようだ。

どうもなんとなく、怖い。

——眼が見えないというのなら大変だが、耳だからな。耳で運転するわけじゃない。と自分にいいきかす。ほとんど耳がきこえない、ということは、運転にどんな影響があるだろうか。私は運転をしないからよくわからないが、やっぱり反射神経の点などで、具合がわるいんだろうなァ。

こちらのそんな気持を見すかすように運転手さんがふりむいて、

「——これでも二十年、無事故ですぜ——！」

その顔をよく見たら、両眼ともに義眼であった——、となるとブラックコントだが、

むろんそんなことはない。

彼は黙々とハンドルを握っており、車の動きにも特別ぎくしゃくしたところはない。けれども、そのうち、縁の太い彼の眼鏡が気になりだした。待てよ、いったいどの程度に眼がわるいのだろう。一見したところわからないし、また落ちつきはらって運転しているが、実は眼も耳と同じくらいわるいのではあるまいか。

池袋までの道が、実に長かった。

本誌のおかげで外出することが小面倒でなくなった。そのうえ、毎日ではないが、朝の六時前後に自転車で、近くの神宮外苑に行き、円型道路をもがいて何周もしている。私のような積年の不摂生がいまさらそんなことをしたっておそいにきまっているが、まだ汚れていない空気の中を走っていると気持がいい。それで今年の夏はよく陽に焼けた。これで冬になっても風邪をひかないだろう。

昔、競輪場に毎日通っていた頃は、夏はまっくろに焼け、冬は酷寒零下何度のところで遊んでいた。その頃は病気ひとつしない。大体、若くて元気な頃は、よく出歩くもので、家に居るのはカミさんだけだった。

大人も子供も、用事があってもなくても、外をほっつきあるいている。誰も車なんかに乗らない。タクシィを使うのは、祝儀不祝儀ぐらいのものだった。

最近は一部の盛り場を除いて、人が歩いていない。週休二日制になったりして以前よりヒマもできたろうに、皆何をしているのだろう。ひとつには、電話が普及して、皆、手紙を書かなくなったし、お互いの家を訪問しなくなった。小買物だって電話で足りる。以前は血縁社会だったのが、当今は職場社会になっていて、親戚よりも同職業の者同士の方が親密になる。そうして、その交際はおおむね職場でまにあってしまう。

それで出かけるとなると、ゴルフ場かデパートぐらいであろう。あとは電話で用がすんでしまうから、これだけ人間が多くても、離れ小島と職場を往復しているような趣きになる。

私の所へ来る編集者たちに訊いても、家庭で飯を喰うのは土曜と日曜ぐらいであるらしい。編集者は夜のおそい商売ではあるけれど、多くはベッドタウンが遠いから、似たような事情になっているのだろう。人生の大半を職場か職業関係者とつるんで暮してしまう。

私どものようなフリーランサーは、家庭に居坐っているようだけれど、この場合は職場が家庭になだれこんでいるわけで、事情は同じだ。

やっぱり、特に男は、外をほっつき歩かなくちゃいけない。家庭や職場に管理されすぎないためにも、ぜひそうするべきだ。見知らぬ人間と一緒になってほっつき歩き、紐の切れた凧のようになって一人きりの浮遊感を味わうべきだ。

二十歳前後の頃、会社というものに勤めたことがあるが、その頃の私は、会社の中に坐っているということが身体になじまなくて辛くて仕方なかった。何か小用を命じられて外出すると、元気をとり戻すまでヤミ市をうろうろしたりして時間を潰した。だから私が外出すると定まって半日はかかる。実にやっかいな見習い社員だったろうが、当時は室内に居るより野外に居る方が本筋と身体が感じていたらしい。

いつのまにかそれを忘れて、仕事をするために生まれてきたような顔になっている。けれども私は、人一倍疲労感を覚える持病があるせいで、電車の駅の階段を昇り降りすることがむずかしい。むりをしてやれば先方に行ってどっと眠ってしまったりする。それでタクシィの使用をやめられない。せめて、乗ると運転手さんから世間の人たちのいろいろな話をきくことにしている。

運転手さんたちはおおむね話好きだ。むっつりしているように見えても、水の向け方でよくしゃべってくれる。

もっとも中にはしゃべりすぎる人も居て、いつだったかカミさんと一緒に乗ったとき、私どもが年齢が離れていて夫婦に見えにくいこともあったろうが、

「この前ねえ、お客さんが女の人を送って行ったときにさァ――」

などといいだしてとまらなかったことがある。私はわりに顔を覚えられやすいらしく、夜更けの盛り場でタクシィがつかまえにくいときでも、向こうから停めてくれて、やァ、また会いましたね、さァどうぞ、などといってくれることもある。

怪談には少し季がおそいが、これも運転手さんからきいた怖い話。

虎の門あたりで五十恰好の婦人の一人客を乗せた。後ろの席で、なんだかぶつぶつ呟いているようだが、外の騒音でよくきこえない。信号が赤で停まると、婦人の低い唄声がきこえた。

〽うらめしや、うらめしやー

かすかな抑揚をつけたその唄声が、信号が変って走り出すときこえなくなる。

また信号で、停まるたびに、鼻唄のように口ずさんでいる声が、背中でするのだという。

〽うらめしや、うらめしやー

「何でしょうね、あれ、亭主の浮気でもみつけて殺しに行くところだったんでしょうかねえ」

困ること、腹立つこと

私はプロ野球というものを実に久しく見ていない。

戦争中の国民野球の頃、それから戦後の一リーグの頃、あの頃はしばしば観戦に行った。

思いおこせば、南海の捕手筒井が巨人の三原脩をポカリとやって、両軍喧嘩になったところを見ている。それから国鉄の新人投手金田がリリーフではじめてマウンドに立ったところも見ている。

長島はサードを守っているところを見た（テレビで）記憶がかすかにある。王となると、顔はよく知っているが、野球をしているところを一度も見たことがない。

つい先日、酒場で、

「セリーグというのは、何チームあるのですか」

と訊いて怒られたことがあった。その人は私がからかってると思ったらしい。

高校野球はときおり見るが、一夏に一試合も見ない年が多い。べつに特別嫌っているわけじゃないけれど、野球は一試合の時間が長い。プロ野球のように一年の三分の二ぐらいやっていると、うっかり眺めはじめればずっと見たくなるだろうから、年間かなりの時間がかかることになる。それがどうももったいない。

お前はマージャンばかりやって時間を空費してるじゃないか、といわれそうであるが、マージャンはともかく自分がやっている。野球は、眺めているだけというのがどうも頼りない。

競馬や競輪は馬券を買うことで、ともかく参加している。誰がホームランを打とうが優勝しようが、選手は儲かるけれど、観客は何も関係がない。他人のことにどうしてそう時間を空費してるのか、と思ってしまう。

もちろん、世の中には、自分の懐中に関係なしに、感動を呼ぶ見世物もある。プロ野球はただの商売で、選手は自分なりチームなりの都合で走ったり打ったりしているだけだ。

と、まァ、声高にいうほどのことでもないのだが。

昔、週刊誌でマージャンの観戦記を書いているときに、編集者からあらかじめ今日のメンバーは巨人軍の選手二人、力士二人、ときかされていた。

その時、常より早く会場に来てしまった。編集者もまだ来ていない。ところが座敷に客人が一人坐っている。

見たところ力士ではない。とすると野球選手だ。私は野球を見ないから、それが誰だかわからない。巨人軍の選手で週刊誌に出るとなると、いずれはスター級であろう。此方《こちら》から名前を訊いては失礼だ。

まずいことに先方はどうも私を知っているらしい。私たちは目礼し合い、顔ぶれが揃うまで、世間話をしていた。

しかしどうも気を使う。野球の話は禁物だ。なぜなら、相手が名投手なのか、強打者なのかもわからない。うっかりしてトンチンカンなことをいっては拙い。

すると、電話がかかってきた。二人きりだから、ホスト役の私が出る。

「モシモシ、巨人軍のなんとか選手来てますか――」

さァ、困った。巨人軍は二人来る。眼の前の人がそのどちらだかわからない。

「――まだ係の者が誰も来てません」

とっさに、そう返事した。それからまもなく、三重ノ海と旭国が現われて、これはひと目で力士とわかるから、話題が円滑になった。あとでその話を人にするたびに、なんたる常識のない奴か、という顔をされる。

その選手は、俊足のセンターで、かなりの人気者だったらしいが、今、また名前を忘れてしまった。

私はゴルフもやらない。

練習場ぐらいは行ったことがあるけれど、コースに出たことがない。

ずいぶん、人からすすめられる。新しく覚えた人が、特に勧誘が熱心だ。早く自分より下の新入生を造って、先輩面をしたいらしい。

何かのときに賞品で一揃えを貰ったことがある。外国製で相当な値段だったらしいが、すぐ弟にやってしまった。

なぜやらないか、といわれても、これも深い理由はない。猫も杓子も、というところがちょっと気にいらないが、そうかといって大衆ゴルフがわるいなどとは思わない。ただ、やる、と、やらない、ということをはっきり区別しようと思ったことはある。マージャンはやるけれど、ゴルフはやらない。そのことに何の意味もないのだが、中途半端はよそうと思う。

私は、あんまり通常人がやらない遊びを、かなりやっている。皆がやっている遊びをやらなくたって、少しもさしつかえない。

ゴルフをやらないから、したがってテレビのゴルフ番組を見ない。

野球の番組も見ない。プロレスも見ない。

テレビドラマというようなものは、私のような文章書きにとって娯楽にならない。どうしても職業意識がチラついて、自分ならこうするとか、この処理はあまりうまくないな、とか思ってしまう。

だからドラマ類は見ない。

劇映画の類もご同様。

ニュースショーの類は、あれは家庭婦人を対象にして作っているのだろう。これも私が見てもしようがない。

　私のカミさんは眼がわるいので、これは生理的肉体的にテレビを見たがらない。なにか大事件でもあって見続けた翌日は疲労で寝こんでしまうくらいだ。

　で、私のところでは、よほどの例外がないかぎり、テレビをつけない。

　私どもはそのつもりで見ないのではないが、これはわりに贅沢なことであるらしい。

　知合いの寿司屋さんが店内改装をしたついでに、テレビをはずしてしまった。

「まったく、あれ、客は誰も見てないしね、そのくせざわざわした音が流れて、いやですよ。あのＣＭって奴、妙に空気をネトネトさせちまって、ネタがわるくなっちゃいまさァ」

　もっとも私がよく行く仕事場の近くのご飯屋さんでは、今もテレビが店の中央にあり、ときに若い人たちが群がって見ているときがある。

　独身のアパート暮しの若い人など、一人で見るより、そういう店で何人かで見る方が楽しいらしい。笑声だって他の人の笑声があった方がはずみがつく。それはそれで微笑ましい。

　勘弁ならないのは、テレビ局の人たちで、皆がテレビを見ていると思いこんでいるようなところがある。

「最近どうです、うちの局の番組、わりによくなってるでしょ」

そんなに見てないよ、というと、

「じゃァ、どこの局を見てるんですか」どこの局も見てない、というと相手は喧嘩を売られたような顔をする。感情をこじらせて見ていないのではなくて、ただ、見てないのだ、ということがなかなか通じにくいのが腹立たしい。

神宮外苑の朝

近頃、毎日ではないけれど、朝の六時というと、ボロ自転車を駆って、仕事場の近くの神宮外苑に出かけていく。そうしてあそこの円型道路を五周六周と廻ってくる。

カミさんがその事実を知って、呆れたようにいった。

「どうして、突然またそんな気になったのかしら。気でも狂ったの」

「俺が朝の運動をやると、気が狂ったことになるのか」

「途中で眠っちゃって、車にでもぶつかったらどうするの。生兵法は怪我の素、っていうでしょ」

「冗談いっちゃいけない。走ってる車にはぶつかったことがない。ときどきぶつかるのは停ってる車だ」

「ホラごらんなさい。即死ならいいのよ。手足がなくなって生きてごらんなさいな。あたしは面倒なんかみないわよ」

編集者の誰彼も、

「へえ、貴方が自転車に、乗るんですかァ」

と不思議そうな顔をする。よっぽど私は不健全にみられているらしい。

私はナルコレプシー（睡眠発作症）という持病があって、発作止めの薬を呑み忘れたりすると、ところきらわず、歩行中だろうと食事中だろうと、コロリと眠ってしまう。したがって昼働き夜休むというような規則に則った生活ができにくい。

幸い自由業なので、自分の身体の条件にあわせて仕事ができるが、私くらいの重い症状だと、他の人のペースに合わせることがむずかしい。

それもあって、昼も夜も同じように、仕事をしているような、居眠りしているような、ダラダラペースになる。

だから本当をいうと、朝の五時というのはいかにも早起きしたように見えるけれども、そうじゃないので、私にとっては仕事も少しダレたから、ちょっとひと走りしてくるか、といったところなのである。

まァしかし、それでもなんでも、まだ車もすくないし、空気がいいから気分がよろしい。トレーニングシャツで走っている中年の人たちがたくさん居る。外苑の広場では主婦族たちが一団になって体操をやっている。

新聞配達の若者が飛び交っているが、よくみると、停年近い年齢の紳士がその中に混っている。一人や二人ではない。これはアルバイトというより、運動を主体にしたものだろう。なるほどと思う。それからママさん配達夫も多い。こっちは夕食のお菜を一品増やすのが主で、ついでに健康もというところか。いずれにしてもほほえましい。

「やあ――」

青年館の横手で顔見知りの編集者A君に声をかけられる。彼はラケットを片手に短パン姿である。

「アレ、貴方はたしか、埼玉県の方じゃなかったの」

「ええ、昨夜は社に泊ったんです」

「なるほど」

「週に二、三回は社に泊るんですよ。それで早起きしてテニスの練習をするんです。神宮競技場の壁でね。ゴルフなんかよりよっぽど気持がいいです」

「じゃァ、呑みすぎて社に泊ったんじゃなくて――」

「もう呑みすぎなんて流行りませんよ。ちがう社の奴ですがね、この近くに一間のアパートを借りてときどきそこで寝る奴が居るんです。そいつと一緒になるとテニスの試合《ゲーム》をしたりね」

そういうもんかなァ。昔の編集者は、夜を徹して呑んで議論したりするようなタイプが多かったがなァ。

小説家でも近頃は、日曜ごとに集まって神宮のプールに出かけるグループがある。そんなに健康に気を使って、長生きして何をやるつもりかなァ。

今年の夏は短かった。梅雨が長くて今また秋雨前線がぐずついている。

ショボショボ雨が降ると、どういうわけか来客が多い。来客が多いから、つい連れ立って外に出る。外に出るから知人にぶつかる。物が順にいっていて、さっぱり仕事ができない。

昨夜は某酒場で星新一さんとぶつかった。そこに〝銀座百点〟という雑誌がその店の写真を撮りたいと入って来て、ぼんぼんフラッシュをたいたものだから、ヒューズが飛んで店内は真っ暗。

皆でこのときとばかり、手近の女性をまさぐろうと手を伸ばすと、星さんの手とお互いにからみあってしまって、ドタバタ喜劇の様相を呈する。

星さんが、二人で写真をとっとこうよ、というので並んで坐ったが、男二人で並んでもどうもサマにならない。

「二人のゼッペキ頭を写そう。どっちが秀れたゼッペキか」

それで、二人で横を向いて、大きな頭を振りたてるようにして写す。

私が世にも独特のゼッペキ頭だと思っていたら、星さんも頭が大きく、そのうえゼッペキで、子供の頃から周囲にからかわれたのだという。からかわれているうちに、反発心と重なり合って衿持のようなものになったらしい。自分こそ世界一のゼッペキだと思っていたところに、私がゼッペキ頭の劣等感を書いて文壇に出てきた。

ゼッペキは自分が本家だ、と星さんが絶叫する。そうではあろうが、こちらの頭の方がユニイクだ、と私が叫び返す。二人で闘牛のように、頭をふりたてて議論したことがある。そうやって騒いですごす夜は、ことのほか楽しい。

ゼッペキ論がまた再開されようとしたところに沢木耕太郎が飛びこんで来、それから北海道は富良野のアニさん、倉本聡が入って来る。

ガヤガヤしているとどうしてこう時間が早くたっていくのだろうか。

何時――？ と訊くと、一時、だという。これはいけない。今夜はこの小文を記さなければならない。

「俺は帰らなくちゃいけない。お名残りおしいが」

というと、いつも誘惑などしたことのない沢木クンが、

「じゃア、もう一軒、軽く三十分ほどで仕上げて帰りましょう。送ってきますよ」

ほかならぬ沢木クンの申し出なので、ありがたくお受けしなければならない。

そのもう一軒に行くと、井上陽水と吉田拓郎が連れ立って呑んでいる。これはもう三十分ではおさまらない。

拓郎と陽水は一年ぶりの邂逅だそうで、陽水が嬉しそうに、人なつこく拓郎にすり寄っている。もう彼もベロベロだ。

吐きっぽくなった陽水を沢木が介抱している。拓郎は、もうこうなったらトコトン呑むぞ、と叫んでいる。

帰りの車が外苑のそばを通る。うす明るくなった街を皆が走っている。私もあの群れに居るはずなのだが、どうしてこうなったんだろう、と思っても、頭が混濁してよくわけがわからない。

老人になる方法

先日また、三日間行方不明になって、そのときの仕事関係者にご迷惑をかけてしまった。何をしていたということもない。泥々になって遊んでいただけの話であるが、近頃の生活は私も他人様ご同様に一日一日がスケジュールで埋まっているから、三日間の穴ぼこをとり戻すのが容易ではない。

どうもお恥かしい、と思うのが年齢をとった証拠で、以前は行方不明など日常茶飯事でさほど恥かしいとも思っていなかった。

今、預かり息子のような趣きで仕事場に来て貰っている青年が、毎日、私の行状を見て呆れ返っている。

「あんなだらしのない人は見たことがありません」と嘆息して私のカミさんにいったそうだ。パジャマ姿でデパートに買物に行ったといっては呆れ、朝来てみるとたいがい帰宅していないといっては侮蔑の眼で見る。

「でもさ、戦争中は夜も昼もなかったぜ。それにパジャマなんか贅沢品で、皆、着のみ着のままで寝たり起きたりしてたんだ」

「今は戦争中じゃありません」

いいじゃないか、人眼なんか気にしなさんな、と私はいいたいところなのだが、青年のいうことも一理はある。

まず第一に、老人はそんなことはしない。私はそろそろ還暦も近いという年である。老人には老人の暮し方というものがあるようだ。

私は子供を造らなかったので、どうも自分の年齢を忘れがちでいけない。子供が居ると、子供が育つにつれて、いやでも自分の年齢並みの顔つきというものができてくる。夫婦二人きりだと、そこのところが欠落して、いつまでたっても青春のまっ只中に居るような気分が変らない。

私の青春時代は、不良少年であった。だから今でも、不良少年のまんまの気分で居る。たまに幼児から、おじちゃん、なんて呼びかけられると、ドキッ、とする。

これではいけない。我れは狐と思えども、人は何と思うらん、である。五十七歳の不良少年なんてものは、客観的に眺めた場合、うすみっともないだけであろう。

昔、人生五十年といわれていた頃は、十六歳が元服で、成人年齢だった。今、男の場合の平均寿命が七十七、八歳だという。それにつれて一人前の社会人になるのは大学を出て数年の二十七、八歳ぐらいになった、という説がある。してみると、五十七という年齢は、まだ初老の手前なのかもしれない。

けれども、もう、秋、という感じは否めない。鏡を見ると皮膚のたるみや衰えがいやになる。いつだったか、日大相撲部の選手たちと一緒に裸になって写真をとった。はちきれんばかりの若い肉体の中に、私ひとりが不健康な黄色い塊りになって見えて、ゾッとしてしまった。

人間というものは、幼児から少年、青年から壮年、そして老年と、順序をたどって死に至る。少年は少年らしく、老人は老人らしく、それ相応の役割りを演じなければならない。

よし、老人らしくしよう。そう思いたった。今すぐ本当の老人になれなくても、次第にそれらしくなって、いつか国境をすっと越えることができるかもしれない。七十や八十になって、まだ泥々の遊びをしているようではいけない。

どうもあまり気が進まないけれど、世間の皆さんがいずれもおやりになっていることなのだろう。ある日、自分は老人になった、と思い、老人の恰好をしはじめる。それはどういう日なのだろうか。

考えてみると、少年から青年に移る日というものは、学校が変わったりしてわりにわかりやすい。青年から壮年に移る日、これはどこのあたりだったのだろう。どうも私は、その国境を無視して、パジャマでデパートに行くように、見境いのない日を送って来たような気がする。

さて、老人になるとして、さしあたりどうすればよいか。

音楽評論家の小川正雄さんに先日ひさしぶりであったら、顔じゅうが白髭になっていて、しばらく小川氏とわからなかった。髭そのものも見事だけれど、顔が本当に瀟洒な老人の顔になっていた。

私も、髭を生やしてみようか。

そういう形から入るということも必要かもしれない。ステッキをつくとかね。ステッキをついていれば、走りだそうと思っても、すぐに老人であることを思い出して、ヨボヨボ歩きができそうな気がする。

しかし、髭を生やして、誰でもサマになるとは限らない。顎髭が似合わない人というのがあって、子供の頃、私の町内でも、その人を見るとサンタクロースのサンドイッチマンを思い出すという悲劇的な人が居た。

私の父親も髭を生やしたり剃ったりしていたが、食事の時には飯粒がくっつく、鼻をかめば鼻汁がつく、どうも始末がわるそうで、日常見ていると何の威にもならない。

宗匠頭巾かなにかをかぶるという手もあるが、すぐにどこかへおき忘れてきそうだ。

そんなに工夫しなくたって、その禿頭なら立派に老人に見えるよ、という声もする。けれども、私の遊び友達はいずれも老人に見てくれない。第一、肝心の私が、さっぱり老人という心持がしない。

それとなくまわりを見廻してみると、病気という奴が自然に境界になっている場合があるらしい。

四十代の終わりから五十代にかけて、疲れがたまるせいか、どっと病床について入院生活を送ったりすると、全快して出てきても、なんとなく今までのような無茶はできない、自分ももう若くないのだぞ、なんて思う。シャバを離れているというのが、ごく自然に老人に変貌するために必要なのかもしれない。

私も十年ほど前に大病をした経験があるが、あのとき、隠居ふうになっておけばよかった。つい気がつかなくて、半年入院し、そのうち四ヶ月は点滴だけで、二十キロもやせて、骨と皮で出てきたのに、畑正憲さんたちが私の家で待機していて、退院祝い麻雀をやり、二日二晩寝ないで打った。それで終ったときには、両手を卓に突っ張らないと立ちあがれもしなかった。

せっかく老人になるチャンスだったのに、そういうことをやるからいけない。

老人というものは、大体、遊ばないものである。徹夜もしない。馬鹿呑みもしない。女の居るところでなど眼をさまさない。

そうしてまた、仕事もしない。

そうだ、老人は仕事をしなくていいのである。人間の体には仕事が一番わるい。なにが不摂生といって仕事ほど不摂生はない。そう思うと早く立派な老人になりたくて居ても立ってても居られない。

フライドチキンの孤独

近頃は、秋というやつが、風格も含蓄もなくなった。残暑などなくて、台風が過ぎ去ると同時に、まるでトンネルに入ったように暗くうそ寒くなる。

世紀末だというけれど、本当に世も末という感じのうそ寒さだ。

こういうときは外出するにかぎる。部屋に閉じこもっていると、ただ憂鬱になるばかりだ。

毎日電話番に来てくれるO青年を伴って、四谷見附にラーメンを喰いに行こうと思う。

「その恰好で出かけるんですか」

「ああ——」

「着がえてくださいよ。それはパジャマじゃないですか」

「パジャマだけれども、寝るときは脱いで寝るよ」

「脱いで寝たってパジャマはパジャマですよ。みっともないでしょう」

「でも、これに似たのを板前さんなんかよく着てるよ」

「板前さんにはみえませんよ」

「それじゃ、こういうの、流行らせてみよう」

草色の夏のパジャマが気に入って、自転車で行ける範囲はこれで出かけてしまう。先日は、新宿のデパートにも行った。

なァに、着替えたっていいのだが、近頃の若い人が小事にばかりこだわるのがあまり賛成できない。O青年は、まじめで、心の優しい好青年だが、少しばかり線が細い。もっとも彼は彼で、私の真似だけはするまいと決意しているようなところがある。

「冬になってもそれで出かけるつもりですか」

「冬はこの上にガウンを羽織る」

「風邪ひきますよ。寒いでしょう」

寒い。どうせなら冬のパジャマにすべきだった。

ところが、へんな時間に出かけたために、ラーメン屋はどこも閉っている。昼食時か夕食時でないと、休憩してしまうらしい。うまい店を三軒ほど自転車で廻ったが、いずれも準備中。ソバを喰うにも世間の慣習に合わせて時間を守らねばならないのだから、若者が管理社会に服従したきりになるのもむりもないのかもしれない。

「どうしますか、ぼくは何だっていいんですよ」

「ラーメンにこだわってしまったな。こうなると日本ソバですますのは口惜しいね」

結局、スーパーで生ラーメンとめんまと焼豚を買い、O青年が即席に作ってくれる。何だっていいというけれど、O青年は喰い物がむずかしい。まず、野菜がいっさい嫌い。食べられるのは生キャベツとほうれん草くらい。

大根、人参、牛蒡、の類は駄目。

「根っこでしょう、あんなもの」

菜類は、

「だってぇ、葉っぱだもの」

という。玉葱、葱、も駄目で、したがって彼の作ってくれるラーメンは、薬味はない。ピーマンは、青いから、もやしは、草みたいだから、きのこ類は、変な形をしてるから、駄目。

いくらや鱈子は喰べるが、数の子は喰べない。理由は、固いから筍と混同してしまう。

納豆も薬味を入れないで、かきまわしもせずにそのまますすりこむ。卵は生卵だけ。納豆も生卵も醤油をかけない。

肉が好きだ。魚も、小骨の多いもの以外は大方よろしい。フライや天ぷらなどの油を使ったものも好物。いちばん好きなのは牛丼のような甘辛い味だという。

一番嫌いなものは大根おろしで、あの臭いは強烈なのだそうだ。

朝来ると、

「また、大根を喰ったでしょう」

と叱られることがある。

しかし、沢庵は喰う。理由を聞くと、

「あれは、黄色いから――」

そういう私も、牛乳はいっさい口にしないが、アイスクリームは喰うのだから喰べ物の好き嫌いを理屈で律することはできないけれど、野菜を喰えないというのは、料理方が実に困る。

そのうえ、私がコレステロールを減らすために、肉類と油物をしばらくやめていたので、カミさんとしては、たった二人の喰べ手のために、全然ちがう料理を作らねばならないことになった。

彼も、さすがに他人の家で、なんとか合わせようと格闘しているらしい。野菜スープや、鍋類のスープだけなら呑めるようになった。しゃぶしゃぶのスープなどは、うまい、といったくらいである。

しかし、煎り豆腐をつき合わされたときは、あとで吐いた、といったし、今夜のメニューはロールキャベツときいたときは、用事を作って夕食前に退散していった。

「あまり心配しないでください。ぼくは何だっていいんですから。毎日インスタントラーメンでもいいんです」

しかしそういうわけにもいかない。

○青年は少し極端な口であろうけれども、しかし傾向としては、近頃の若い人の好みに沿っているようだ。

ハンバーグ、スパゲティ、肉のしょうが焼き、鳥のから揚げ、ラーメン、焼き肉というふうな、外で手軽に喰べられるものが好みらしい。喰べているうちに舌が馴染んでしまうということもあろうけれど、主婦乃至母親が、あまり料理を作らなくなったせいもあるんだな。

アメリカ映画を見ていると、ハンバーガーやサンドイッチばかり喰ってるようで、食生活の貧しさを感じるが、若い人たちの目にはそうは映らないのかもしれない。

私のような戦争中の餓えの時代に育ってきた者から見ると、若い人たちは食物を恋うてない。感動をもって喰べていない。それが不思議だ。

もっともね、私の父親の世代と、私どもとでは、やっぱり食生活にもかなりの懸隔があった。親父は生野菜を喰わなかった。トマトも嫌がった。西洋野菜など青臭くて嫌だという。味噌汁と豆腐、お新香、これさえあれば文句はいわない。客が来れば牛鍋。

バナナは、はじめて喰ったときの味が忘れられない、といって晩年まで好物だった。

私は父親の世代の喰い物も好きだし、新しい料理も好きだ。餓えの時代を通過したおかげで、和洋折衷、なんでも喰う。そのために肥りすぎていけない。

とはいうものの、今の若い世代におなじみの、安油で揚げたチキンや、じゃが芋の粉を固めて揚げたフライドポテトや、ハンバーガーを喰う気にはなれない。

なぜ、と訊かれても、まァ気が進まないからさ、というしかない。

カミさんは、ときどき、フライドチキンの紙箱を買ってきて、O青年と一緒にむしゃむしゃやっていることがある。そういうとき二人はとても仲むつまじく見える。たかがフライドチキンで、私は孤独の淋しさを味わうのである。

上野の杜の下

入院している知人を見舞った帰り、ひさしぶりに上野を歩いてみた。どうも、あいかわらずおちつかない街で、人間が皆一方向にそそくさと歩いている（ように見える）。もっとも私にとってはなつかしい街で、敗戦後の一時期、ほとんど我が家の庭のようにしていた。私自身もうろうろと小忙しく飛んで歩いていた頃で、だからおちつかない街とうまくフィットしていたのかもしれない。

上野は東京の裏玄関、と昔からいわれている。玄関で暮す人が居ないように、店舗は派手派手しいが、住民の匂いがしない。時間が来ると店に鍵をかけて、皆どこかへ帰ってしまうのではないか。

パチンコ屋、B級キャバレー、飲食店、そしてアメ横。なんだかけばけばしくてあわただしい。おちつかなさと一緒に、じっと動かないものが同居している。その動かないものは、かつての浮浪者のように坐りこんだままだ。上野は、東京の盛り場の中でも、もっとも戦後の感じを色濃く残している。

いつだったか、グラビアの写真撮影のために上野の地下道に入ったことがある。地下道も面目一新、どこもかしこも塗り変えられて、飲食店も賑々しく並んでいる。が、カメラマンにポーズを求められて、地下道の壁によりかかったら、まぎれもない浮浪者の臭いがぷうんとただよった。一度しみこんだものは、洗っても塗ってもなかなか落ちやしない。

あの浮浪者の臭いは、一言でいえば、下痢便の臭いにほかならない。冷えたコンクリートに寝るせいで、皆、慢性の下痢になってしまう。私もちょこちょこあそこで横になっていたから、よく知っているのである。

浮浪者は銭湯に行くと嫌われるものだから、深夜、上野の山内の博物館前の噴水の池や、不忍池などに行って、こっそり体を洗うのである。すると読物新聞が、夜な夜な不忍池に現われる裸の天使、などと煽情的なタイトルをつけて読物にした。

上野の山の方はおカマの縄張りで、夜になると異様な風景だった。当時のおカマは、今日のゲイバーのようなシスターボーイ風でなく、女装が多かった。ここを舞台にした〝男娼の森〟という本が売れ、伴淳が浅草で、本物のおカマと一緒に舞台化したりした。警視総監が上野を視察中、おカマに殴られた、というのもこの頃だが、今のお若い方はもうご存じあるまい。

上野はどうしてかトンカツ屋が揃っている。ひさしぶりに松坂屋裏の蓬萊屋でカツにビールと思ったが、もう七時を廻っている。なにしろあの店は、夕方チョコッと開いて、行列ができて、七時頃にはもう閉めてしまうから、時間に合わせるのが大変だ。なんとなく小走りになって行ったが、あんのじょう暖簾をしめた直後で、店内の灯をうらめしく眺めた。息せききってトンカツを追っかけてきて、しかもあぶれた恰好の自分を苦笑するばかりで、べつに腹も立たない。

この前、古今亭志ん輔に貰ったうさぎ屋のドラ焼きがうまかったことを思いだして、探したけれどもその店がみつからない。腹はへるし、歩き廻って足が棒だ。

「――ほんとに？」

なんて相槌が、すれちがう娘がいっている。べつに疑がっているわけでも、反問しているわけでもなくて、軽い相槌なのだろう。うちのカミさんなども若ぶってよく使うが、どうもあまりゾッとしないね。

「こうなんだけど、そう思いません？」

なんていいかたもあまり好きじゃないな。どうして女の人は、右へ倣え式に日常語が同じになっちゃうのだろう。

「阿佐田さん、やっぱり上野を歩いてるんですか」

青年が声をかけてくる。いかにも麻雀放浪記の現場に作者が居るようで面白く見えるのだろう。

「上野のメンバーは味が濃いですか」

「麻雀かい。俺、もう打ってないよ。年だもの」

それにしても腹がへった。思いついてもう一軒のトンカツの名店ぽん太に行ってみる。

あいかわらずひっそりした店構えで、ガラス戸をあけると、客が二、三人。油鍋のそばの若い衆が、ああ、という顔で、

「今、火を落したとこで、すいません」

「そうか、じゃ、またね」

住居が離れているので上野のトンカツもめったに喰べられない。しかし想いを他日に残すというのも悪くない。

以前はこういうふうに、小さな店構えで、限られた客を相手に、ひっそりかくれるようにやっているうまい店というものが、あちらこちらにあった。

今、そういう店が減ったな。ちょっと評判になると店を広げる。デパートに出店が出てくる。大勢の客が口福を授かって便利でよろしい。地方からの旅行客だって所在がすぐわかる。

でも、店というものは、以前はそれほど便利じゃなかった。第一、いろいろな性格の人が独自にやっているのだから、まず店側の都合というものが先にたって客はそれに合わせる。まずい店なら誰も合わせないが。

昭和三十年代に練馬にあった東亭という小さな中華料理屋さんは、

「ラーメンなんて、客にお出しするもンじゃありません」

といって、絶対にソバなんか売ろうとしなかった。中華屋さんでソバを否定するというのは珍しい。

そのかわり、水商売の女性なんかが出勤前の夕食に、カズノコが喰いたいなんていうと、隣りの寿司屋に行ってカズノコゆずって貰ってきて出したりする。

大体がこういうところは安くて旨い。ところが旦那が酒好きで、早く自分の酒を呑みたい一心。けれども全然店をあけないわけにはいかないから、夕方、暖簾を持って店の中で待機し、人通りが途絶えるのを待っている。

誰かに見つかると店に入ってきちゃうと思うらしい。人通りがないところをみすまして、表戸を開ける。

いつだったか、旦那が暖簾を持って出てきたところへ、我々が角を曲がって姿を現わした。旦那、びっくりして暖簾を持ったまま店の中へ逃げこんじゃった。

六時頃、そうっと暖簾を出して、七時半頃になると、もうやめたくてしようがない。客でも居ると不機嫌になって、おカミさんに怒鳴ったりする。

またこういうところのおカミさんがよくできていて、旦那の無愛想を埋めて、愛敬がいい。

我々は、なにしろ安くて旨いから、皿数もたくさんとるし、お酒も呑む。したがって時間が長い。ときどき、調理場で、旦那が大きな咳をしている。

「帰れっていってるんだよな。そう簡単に帰るもんか」

そういう味を楽しみながら通うのも格別なのである。

こんな店が本当にすくなくなった。今はただ、便利なだけだ。

横浜、月夜、高速道路

寒い夜、横浜に居た。

ずいぶんひさしぶりの横浜だ。

この小文のために市中をうろうろ歩き廻ってみたが、以前にあった独特の情緒がほとんど無くなっていた。もっとも、街の情緒なんてものは、老人の抱くセンチメンタリズムだ。

外人墓地、ゲーテ座、港の見える丘公園。

観光客目当てらしい小綺麗なレストランやパブができていたが、季節はずれなのでどこもひっそり。でも公園には若いカプルが何組も居て、次から次と現われては消えていく。

　ベンチ組は絶えず冗談を言い合っているらしく、笑い崩れてじゃれ合ってる。盗み聞こうというわけじゃないが、今日は防備が、という女の声。防備が、できていないのか、充分なのか。すると男の声で、なんだ、安全な女なんて、つまらねえの。

　たたずんで港を眺めている組は、夜景なんて、たいしたことないね、と背中がいっている。高速道路ができちゃって、街も港もズタ切れだものねえ。

「あッ、アパートの部屋の中が見える」

「ほんと、テレビを観てる」

「裏窓って映画があったなァ。あそこで今、殺人でも起きると面白いのに」

　いずれにしても近頃の若いカプルは明るい。以前は、恋人というものは、例外なくうなだれて、思いに沈んでいたものだ。恋するということそのものが、周辺の日常性と折り合わないので、どうしても障害がたちはだかることになってしまうのだ。今は、あまりそうしたことがなくなって、かえって味気ないだろう。

　港の見える丘、という戦後のヒット曲があって、その曲を唱った平野愛子は、私の生家のそばの八百屋の娘さんだった。何屋の娘だってよろしいが、まだ十代の私には、出世とか成功とかの典型のように見えたものだ。

当時テレビなどないから、実物の彼女は見たことがない。しかし歌手というものは、たった一人で、満場の客の讃美の視線を浴びるわけで（讃美者でないものはそんなところに行かないだろうから）多分、全能感を満喫するだろう。ナポレオンもヒトラーも果たせなかったような全能感を感受しているにちがいない。そうしたことは私にも想像できる。平野愛子が、その頃の私のシンデレラだった。

ところが彼女の実際の顔というと、いまだに判然としない。テレビ時代になった頃、彼女はもうほとんどブラウン管に現われなかった。それで、もうだいぶお年を召しただろう。

つい半年ほど前に、生家のそばを歩いていたら、瀟洒な白い洋館があって、門のところに、平野愛子歌謡教室、と記してあった。私は思わず、皇居の前を通るときのように、帽子を脱いで最敬礼をするところだった。

横浜の街とは、十五、六の時分から、いろいろな意味で交際がある。横浜大空襲の日も、中学をサボって、長駆、横浜花月というレビュー小屋に、夜までさきりこんでいた。それで命からがら逃げまどったものだ。

戦後は基地《ベース》でよくばくちを打っていたから、横須賀や横浜の盛り場はしょっちゅううろついていた。野毛の運河に浮かんだ舟の中で、ヘロインをやった記憶もある。あれは全身がむずがゆくなって、性が合わなかったので一度でやめた。

横浜はばくちの天国だった。東京はさすがに首都圏だし、取締りもきびしいので地下賭場が大げさにはびこるということはない。川崎や千葉では、客が打ち殺されて絶えるか、その逆に賭場の方が煮ても焼いても喰えない客たちに突っつかれて全滅してしまうか、どちらかだ。

横浜は底が深い。港町の持つ妖しい雰囲気のせいだろうか。人種が多様で、華僑を中心に独特の室内ばくちが栄える。やくざの勢力も強い。それに日銭の入る商人町ということもある。

伊勢佐木町の裏通りに、親不孝通りという通称の通りがあって、ここは地下カジノやポーカーゲームの店が、イルミネーションを点滅させながら軒を並べていた。それから福富町。

ひと頃新聞の社会ダネにもなって、もう今は、表側は完全に静まり、地下深く潜ったようだけれど、盛りの頃はおおっぴらでサンドイッチマンがカジノの客引きをやっていた。

　小さなスナックや呑み屋でも、スロットマシーンや競馬ゲームをおいていない店の方が珍しいくらい。スナックのくせに、水割りでもビールでも軽食でも、只である。それでゲームをやる。

　ゲームをやらない人には、何も出してくれない。酒もビールも、ゲーム代のサービスなので、売り物じゃないのだ。

　それで、ゲームをおいてない喫茶店は、コーヒーしか呑ませない喫茶店、といって区別していた。

　それで文字どおり親不孝な若者が蝟集して、ディーラーと戦う。不思議なもので、そういう店でも、ガラ空きの所と混み合う所がある。サービスがちがうのだろう。夜ふけに、ぽつっと開いている店に入ると、誰も客が居なかったりしてさすがにちょっと不気味だったりする。

　客ばかりでなく、ディーラーたちも若い男の子が揃っていて、今思い出してみると、あの男の子たちはどこで何をしているだろうと思う。

夜の遊び場ということばかりじゃなくて、私は昼の横浜も好きだった。昭和二十年代の後半の頃だが、今の新幹線の駅に近い三ッ沢公園のそばの軽井沢という町に、ちょっとの間住みついていたことがある。

軽井沢というくらいだから台地の上で夏も涼しげなところだが、古い家並みで高級別荘地というわけじゃない。でも、美人の多いところだった。

台地の裏の谷間を通る国道一号線の向うは森や畑が続いていて、乗馬クラブの馬を借りると自由に外乗ができた。このクラブには若かりし頃の桐島洋子さんも来ていた。

三ッ沢公園にはテニスやバスケットや野球などの競技場が散在し、若い人たちが汗を流して駈け廻っている。私は夜は港の方におりていってばくち、昼はスポーティで健全な空気に囲まれ、自分で自分の正体がわからなくなったものだ。

あの頃の馬たちももう亡いだろうし、森も宅地で埋まっていよう。高速道路が縦横に走り、コンビナートの煙突がどこからも見える。

レストランだかナイトクラブだかになっているらしい氷川丸が、マストに淋しくイルミネーションをつけたまま暗く浮かんでいる。ジャズのライブハウスでは若いトリオが楽しそうに演奏していたが、客は私たちだけだった。

外に出ると、人工の灯やビルと一緒に、満月が音もなく浮かんでいる。こういうときの月が怖い。原始そのままの自然の姿で、お前たち、変なものにごまかされるなよ、といっているようだ。

納豆は秋の食べ物か

十一月下旬の三の酉に、ぶらっと出かけてみましょうか、という話が担当のO嬢からあったが、とうとう出かけられなかった。

売文業は誰でもそうだが、十一月から十二月にかけて、もっとも忙しい。正月を当てこんで雑誌の種類が多くなるところにもってきて、正月休みがあるために〆切がくりあがってくる。だから忘年会というのもあまりできないし、クリスマスイブなんてものも関係ない。

もっとも近頃酒を手加減しているから酒抜きの忘年会などちっともやりたいとは思わない。

私のように五十すぎの男は、お酉さまというと浅草から吉原にかけての夜道をすぐに思い浮かべる。鷲《おおとり》神社は方々にあるし、近年は新宿の花園神社もなかなかにぎわうようだが、以前は、お酉さまというと下町のもののように思っていた。

第一、桃われに結った下町娘が実にかわいい。当今は高速道路であッというまに往《ゆき》来《き》できるから、下町も山手も同じような雰囲気で、面白みがない。

浅草吾妻橋ぎわの中島という古い呑み屋は今でもあるかなァ。ここの後つぎ娘の、お酉さまの夜に撮った写真が壁にかけてあった、桃われに結ってだ。それが実に下町娘の典型美人で、ずいぶんかよったものだ。

どういうわけか、なかなか結婚しなくて、現実の娘はだんだん年齢を加えて、とうがたっていく。壁の写真の方はいつまでも若い。三十すぎて、彼女が複雑な視線を壁の写真に向けていたことがあった。

ところでお酉さまだが、私は行けなかったけれど、翌日、拙宅に立ち寄った誰や彼やから噂ばなしをきく。皆、けっこう行っているのである。

新宿の花園神社は境内がせまいが、けっこう葦簾《よしず》がけで呑み食いさせるような店もできるらしい。某氏、混雑の中で古い顔見知りのK組の幹部氏と出会い、

「まァ、ちょっと一杯、やりましょう」

かなんかで、満員の葦簾がけに連れて行かれた。

その幹部氏が、胸のあたりに片手をあげて、チラと振ると、まるで蝿が飛びたつように、若い衆たちがどいて、広々とした空間ができたそうである。

「すごいねえ。やくざの幹部ってのは。昔なら、あんな真似、殿さまかなんかでなくちゃできないよ」

というのが某氏の述懐。

ところで、やくざ者で思いだしたが、最近、盛り場に縄張りを持っているやくざ屋さんは、特におとなしくなった。

なぜかというと、パチンコ屋と契約して、景品買いをやっているとそれだけで充分に食えるのである。

嘘か本当か、私のきいた話では、皆、月給制になっており、かけだしの若い衆でも五、六十万。若頭クラスになると一千万ぐらい、親分で三十万くらいの給料だという。

だから、他のヤバイ仕事などやりたがらない。

おとなしく、そおッと、というのが彼等のスローガンで、へたなことをしてこの安定に水をさしては大変、俺たちはヤバイことはやらない、という由。

やくざ屋さんが月給制というのがおかしい。すると源泉税などもとられているのだろうか。厚生年金や失業保険はどうなのだろう。

文芸美術国民健康保険組合というところから、〝自然を食べる〟という小冊子を送ってきた。ぱらぱらとめくってみたが、まァ大体において結構な本ではあるらしい。野趣のある食べ物が、季別に目次に並んでいる。秋の部に納豆がある。オヤ、と思った。なんで、納豆が秋の食べ物なのか。

預り息子のO青年が、妙に優しい青年だから、まだ見ぬ著者に同情をするように、

「それは、ですね。夏負けかなんかしてるところを、納豆の蛋白で回復させようとして――」

「それじゃ、夏に食べればいいじゃないか。夏負けしないように」

「夏は暑くてネバついてるでしょ。だから秋になってさっぱりしてから、納豆のネバネバを――」

「身体にこすりつけて、揉むのかい」

「だから、お米が新米になっておいしいから」

「ピーナッツが秋の食べ物かね」

「ピーナッツ、ですか」

「目次に並んでる」

「新豆が秋に穫れるとか——」

「そうかなァ。俺の感じでは、新落花生というのが出回るのは、夏頃のような気がするなァ」

念のため、辞書をひいてみると、夏から秋にかけて、とある。

「それじゃ、これはまァいい。生姜が秋の食べ物だってさ。味噌をつけてたべる葉生姜は、あれこそ初夏しかない。俺は好きだからよく知ってる」

「葉生姜とは書いてませんよ。これは稲荷寿司の横なんかにある、あれでしょ」

「あれは根生姜だから、つまり、根だろう。根なんか一年じゅうなくちゃおかしい」

「どっちにしても、ぼくはあんなもの食べませんから関係ありません」

「にんにくが秋の食べ物だってさ」

「いちいちぼくにきかないで、著者にきいてください」

「でも、この本に理由が書いてないんだ。そうだ、季語の方で調べてみるとわかるんだろうな」

早速、歳時記を開いてみる。なるほど、ピーナッツの季語は秋だった。

「ふゥん、著者は季語の本を参考にして目次を造ったな」

「それじゃ、生姜もきっと秋のものでしょう」

「うん、生姜も秋になると、寝茎にうす黄色の新根が出てくるそうだ」

「わからんもんですね」

「そうじゃなくちゃ問題じゃないからね」

二、三日して、葉書を出したかどうか、O青年にきいてみた。
「葉書ってなんですか」

「ホラ、クイズの答、納豆は秋の食べ物か、という奴」

「クイズじゃありませんよ。本を見ててご自分が調べようといったんです。懸賞なんかありませんよ。耄碌してるなァ」

「あ、そうか。じゃ俺から賞品を出そう。八百屋に行って、にんにくと生姜とピーナッツをたくさん買ってきてあげる」

「いりません。食べられる物がありませんから」

O青年は、キャベツとほうれん草以外の野菜はまるで食べないから、すこぶる迷惑そうである。

「冬の食べ物の方を見ましょう。すき焼かなんか出てませんか」

「カリフラワーは冬の食べ物だってさ」

O青年はまたいやな顔をした。

隣家の柿の木

「近頃の若い人はねえ、柿だのリンゴなんてものは買わないね。若い人が買うのは圧倒的にミカンですよ」

と果物屋のおじさんがいう。

「皮を剝くのが面倒くさいゝだってさ」

「ナイフを使うのが面倒なのかな」

アメリカ人は奇妙にリンゴが好きな人たちで、映画の中でもしょっちゅうリンゴをかじっている。しかも、どの場合もなんとなく大事そうに、着衣の胸のところでこすってから食べたりする。

アメリカではリンゴをあまり産出しないのだろうか。それとも聖書かなにかの故事でもあって大切にされるのか。

子供のときに読んだトム・ソウヤーの冒険だの、ハックルベリィ・フィンだのはリンゴというと眼の色を変える。誰かがおやつにリンゴをかじっていると、もう大事件で、ひと口でもかじらせて貰おうと苦心したり、かじり残した芯のところを、なにかと交換したりする。他人がかじり残した芯をありがたがるというのがどうも実感が湧かない。

それは子供の世界だから、と思っていると、大人だってそうなので、果物のうちでもリンゴだけは格別にあつかわれているようだ。

ギャングが、家に押し入って二、三人を惨殺し、ひきあげる間際に、卓上のリンゴに手を出して、サクッとひと口かじってから行く、という場面があった。

ギャングが好む食い物は、ステーキとリンゴである。いずれも、堅気でいたらこんなうまい物食えやしないんだ、という顔つきで食べている。

そういえば、銀行強盗をしたあとで、卵料理をガツガツ食って、

「うむ、この卵はすばらしい」

と悦に入っていたのは、〝マシンガンケリー〟という映画のマット・クラークだ。〝ポケット一杯の幸福〟という映画では乞食然としたベティ・デヴィスが、リンゴを一杯籠に入れて街角に立って売っている。そのリンゴを買って食うのが親分のたった一つのゲンかつぎだ。リンゴをポケットに入れていると幸せを呼ぶ、といわれているらしい。

チャップリンの〝ライムライト〟ではスターになった彼が、深夜、台所で鰊の干物を焼いて食う。スターになって、あんなもの食わなくても、と思ったが、あにはからんや、鰊の干物は、大金持の食う凝った食い物なんだそうだ。

食い物というのは国柄で相当に基準がちがう。日本だって私の子供の頃は、バナナが贅沢な果物とされ、事実あの頃のバナナはうまかったような気がする。

リンゴは高級果物らしいが、外国映画で、柿を食っている場面の記憶がない。柿というものが現われない。

柿は、外国にはないのだろうか。樽柿を思いつかなかったために、最初、渋柿をかじって見、それ以来手を出さなくなったのかな。

仕事場の窓の正面に、隣家の柿の木がみえる。冬がきて柿の実が熟してくると、雀たちの恰好のご馳走になる。私は自分が食いしんぼうだから、誰かがうまい物をたらふく食っているという光景を見るのが大好きだ。

秋が深まり、葉が落ちて赤い実が目立ちはじめると、雀たちが来る。ところがある時期になるまで、けっして食べようとしない。終日、枝にとまってじっとしている何羽かが居る。はじめ私は、見張り役の雀で、他のグループにとられるのを牽制しているのかと思った。

しかし、それにしては騒々しくない。

だから、うっかりつつきにくる仲間たちに、

「まだ渋いぞゥ――」といってるのかもしれない。

この時期は、子雀たちが飛び回る時期でもあって、いよいよ皆が実を食べはじめると、子雀も一人前に集まってくる。それでも皮がつつきにくいのか、他の雀があらかた食べたあとの実を、遠慮がちにつついている。

彼等の食事時間は早朝と夕方で、夜明け方は枝々に雀がたわわにとまっている。私は仕事をほっぽりだして眺めているがいつまでたっても見あきがしない。

私も、ひょっとして自分の家が持てたら（まずそんな気にならないだろうが）実のなる木をたくさん植えて、小鳥たちに食べさせたいと思う。

「雀はどこで死ぬんだろう。雀の老衰した死骸というのを見かけないね」

「雀の死場所というのがありましてね、わからないようにそこに行っちゃうんですよ」

「嘘をつきなさい」

「本当ですよ。象やなんかと同じで」

「それじゃ、その死場所というのを見かけそうなものじゃないか。この東京のど真ン中に、象の墓場みたいなものがあるかい」

預り息子のO君と、昼飯を食いながら無駄話をしている。

「あんなにたくさん居るんだぜ。子雀だけだって数え切れない。その数だけ死骸があっていいわけだろう。雀の死骸で足の踏み場もない、ということになりそうなものだが。鳥が食っちまうのかな」

「どの鳥が――？」

「あるいは虫が食うとか」

「禿鷹みたいに、死ぬとうわッとたかっちゃうんですか」

「変だね」

「犬や猫が轢かれて死ぬでしょう。昼間だと車が皆よけるけど、夜だとわからないからその上をどんどん通っちゃう。それで何度も踏んでいるうちに、なくなっちゃうんですね」

「それは、朝、掃除をするんですよ」

「都心はそうだけど、ちょっとはずれるとね」

「はずれたって、誰かが区役所に電話して、汚物を片づける車がくるんだ」

「誰が電話するんですか」

「誰がって、親切な人がどこにも居るんだ」

「親切ですか。おせっかいでしょう」

「おせっかいだって、それで八方いいんだから、いいじゃないか」

「雀もそうなのかなァ。雀は車に轢かれませんね」

「猫の轢死体があってね。そうしたら一緒に歩いていた友人が、新聞紙で包んで溝に捨てたんだ。俺は感心したなァ。ずいぶん前のことだけど、まだはっきり憶えている」

ビルの屋上のテレビのアンテナに、子鴉がとまっている。

「あの子鴉は一人っ子だな」

「鴉は普通、卵をいくつ産むんですか」

「さァ、知らないけど、子鴉はたくさん居るが、あれはいつも孤独だよ」

「どうして、あれだとわかるんです」

「俺みたいな顔してるんだ」

「うわッ、気味がわるい」

「すぐにわかるよ。奴も柿を食べにくればいいのに」

鴉の方は、近頃残飯でうるおっているせいか、柿の木にはあまり来ない。

我が葬式予想

予報どおり初雪が夕方から降りだして積りそうな勢いになった。夜半も、翌朝も、霏々として降っている。どうもまずいことになったな、と思う。

その日は宇治かおるさんの葬式が、午後あるので出かけなければならない。私は前にも述べたとおりの雨男だから、雪などすこしも驚かないが、足もとがわるいと人の出がすくなくなって淋しいお葬式になってしまう。

もっとも雪の夜は、黒鉄ヒロシ、井上陽水、田村光昭というメンバーの挑戦を受けて、珍しく新年マージャンをやっていたのである。それで結局、雪だからという理由で朝まで。

死者にあいすまないような気もするが、宇治さんも麻雀好きだったからなァ。

雪の中を仕事場に戻って、とろとろ眠って眼をさますと、こはいかに、ポカポカ陽気の晴天で、窓に冬陽がいっぱい当っていた。お通夜が雪、お葬式が晴天、これもなかなかの自然の趣向で、神さまのお恵みのような感じがする。こういうときの死者は絶対に天国に行っているのだろう。

宇治かおる、といっても若いお方は馴染みがうすいかもしれない。宝塚のスターで、退団後も唄ったり踊ったりしていた。愛称ヤブさん、笈田敏夫の奥さんで四十代くらいの女性にとっては、なつかしい名前だ。

私のような年頃になると誰でもそうだろうが、まったく知人の死が多い。月に七、八人、多いときは週に四、五人あったりする。待ったなしの仕事があるので失礼せざるをえないことがあるが、知人の葬式にすべて出ていたら、それだけでおそらくかかりきりになってしまうだろう。私はどうも若い頃からいろいろの世界に首を突っこんでいるので、八方に知人が多い。

けれども、その中で、訃報をきいたとたんに、すっと、弔問してこよう、という気持になる人が居る。宇治かおるさんがそうだった。といっても日常しょっちゅう会っていたわけではない。特別に親しかったわけでもない。

ただ、あの人柄、人を見下すとか、自分に恰好つけるとかいうことが、これっぽっちもなかった爽やかなヤブさんに、もう接しられないことが哀しい。

多分、多くの人がそんな気持だったのだろう。西麻布の長谷寺の広い境内が人や車で埋まっていた。

古いジャズメンや、宝塚出身らしい年配の女性もたくさん居た。ゲソこと笈田敏夫さんの憔悴した顔が、いつもにこにこしているだけに痛々しい。

一谷伸江が近づいてきて、

「お棺の中に麻雀牌入れたのよ」

「それはよかった」

「東を入れたの。ヤブさんはね、いつも西は麻雀の神さまだから、西を大事にしなきゃ駄目よ、っていってたの。だから迷ったんだけどね、結局、東が一番強いんだからってことになって」

「向うにもたくさんメンバーは居るからね、退屈はしないだろう」

「ヤブさん、いい人だったのにね」

「ああ――」

「まだ若かったのに。五十代だもの」

「ああ――」

風のない晴れた日なら、冬の外気はすばらしい。暖房に慣れた身体をびしっとひきしめてくれる。正月の匂いがまだ残っている麻布の道を歩きながら、自分の葬式はどんなかなァ、と考えてみた。正月早々縁起でもないけれど、どうせそう遠くない将来にあることだ。

一番いいのは、葬式なんかしない、ということだ。身内も他人さまも、ただ面倒くさいだけで、何の得るところもないという意見も近頃多くなってきた。葬式などやるな、といい残して死ぬ人も多いが、それでもなんとなくやってしまう。私の場合だって、いくらそういっても誰かがやってしまうだろう。どうせならシャレのつもりでうんと賑やかに遊びたい。

まず、僧侶や牧師、宗教関係者はいっさい招ばない。ジャズの人たちにご無理を願って、奏していただく。トラッドなバンドに古い曲で、懶惰な気分の奴をどんどんやって貰う。また山下洋輔さんの激弾きもいい。

一転して、井上陽水さんに弔辞か、弔歌をやって貰う。なんたって此方で空想してるだけだから、先方が嫌だという心配はない。

井上陽水の弔辞、とくると何をいいだすかわからない。彼はもともと人前での弁舌にいつまでたっても慣れないところがあって、慣れなければ無難を指向するかというと、ときおりとんでもないことをいいだす。そこが面白い。

陽水のあとは、パン猪狩さんの弔辞、というのも面白かったろうが、残念なことに先日一足先に彼が向うに行っちゃった。で、弟のショパン猪狩さんに、インド人の恰好で、カモン、レッドスネークをやっていただく。ショパンさんは、およそどんな場所だろうと、あの不敵な面構えで、けっして場所に合わせようとしない。そこがいい。芸術祭参加の国立劇場公演でも、舞台に出るとすぐに腰を振っておヘソを出した。

なんだか演芸会みたいになったが、あとは酒である。呑む打つ買う。別室でホンビキ、チンチロリン、麻雀。警視庁の保安一課に特別出演を願って、そのまま、そのままという一幕があったり、空想するだけで大変な騒ぎになったたな。

宇治かおるさんのお葬式とは大変なちがいだ。

それで、うわッと総踊りで、出棺、ということになる。近頃の棺は、顔のところに蓋があって皆に死顔を見せたがっているが、私はどうもあれは嫌いです。私が死んだからいうのじゃなくて、知人の死顔なんてのも見たくない。一番元気な頃の顔だけをおぼえておきたい。

どうせ見せようというのならば、顔だけなんてケチなことをいわないで、全部見せちゃう。

焼場に行って、焼きの様子をごらんにいれたい。〝お葬式〟という映画を見たら、後部の方からのぞけるようになってるんだな。でもあそこからだとせいぜい五、六人しかのぞけないから、ぼッと点火したら、三割くらい焼けたところで、

「へィ、お中入りィ」

かまの蓋をあけて、すっと生焼けを出してみせる。

ああ、こういうところがこうなってたんだな、あの人は、なんて皆さんによく観察して貰ってから、また蓋をしめて、二度焚きをする。

ここの解説者は立川談志さんにお願いしたいな。

火葬が終ると、骨をひろって皆で壺に入れる。横綱の土俵入りみたいに位牌持ち、骨壺持ち、写真持ち、という三役が居るが、これはやっぱり女性の方にお願いしたい。

私なるもの、薄幸の男で、ついに一生美女に抱いて貰う幸せをかみしめなかった。焼場まできていただけるかどうかわからないが、岸田今日子、加賀まりこ、渡辺美佐子、この三女史にお願いしてみよう。

まァしかし、こんなことはすべてウソっぱっちで、本当に誰も来ていただかなくていいのである。葬式なんかするくらいなら、皆揃って競輪に行って貰った方がいい。誰も来ていただかなくていいのだけれども、私は元来、淋しがり屋で人なつこくできているから、私の方から出かけていきます。

夜半、まず黒鉄ヒロシさんのところへ出る。

「たまには、なんとか、ばくちがしたいんだけどねぇ、誰か居ないかしら」

「それじゃ、電話してみましょう」

落語の〝へっつい幽霊〟を地で行くことになるが、夜な夜な、方々で勝って呑気に暮す。負けりゃ消えらゃえばいいんだからね。ああ、早く向うへ行きたい。

たまには、泣き言

ついこの間のお正月に、今年からはひとつ、毎日あたふたすることをやめて、自分が書きたい仕事だけを集中してやることにしよう。そろそろ老人の仲間に入る年齢なのだから、仕事にわがままになっても許して貰えるのではなかろうか。

そう考えた。いや、決心をした。註文してくれる大方の仕事を、心を鬼にしてことわって、まず閑を作る。桂文楽ではないけれど、もう一度勉強しなおしてまいります、と諸方に手をついて、晴耕雨読、いや、晴読雨読、本を読めばいいというものではないけれど、とにかくこれまで、売文と遊びにかまけて、ほとんど読まねばならぬ本も読んでいない。

某誌の編集長にいわれたね。

「貴方くらい勉強しない作家も珍しいね。ただ才能だけで書いてる」

もちろんこれは賞め言葉ではない。かえりみて慚愧にたえない。今にして改めなければ、このままその大勢で終ってしまう。

某バーのマダムがいう。

「貴方、どうやって字をおぼえたの」

質問されてみれば、なるほどどと思う。私の学歴は旧制中学の途中までで、おまけに小学校も中学も、ろくすっぽ教室におちついていない。こういう学歴の持主は、社会に出てから発心して、自己流の勉学に励むものだが、私はまるで反対で、なおなお遊び呆けた。どこで漢字をおぼえたかと訊かれて、さて、どこなのだろう、と私も思う。

高校生ぐらいの読者から、こういう趣旨の葉書をちょくちょく貰う。

「親父は僕が、麻雀ばかりやるといって怒るけど、麻雀ばかりやって世に出た人も居るといってやるんです。――」

私だって、麻雀ばかりやって世に出たわけではない。けれども、ではどこで世に出る修業をしたか、といわれると、これといって答えられないのである。

諸方で遊んで、運に恵まれて、なんとなくごまかしているうちに、ここまで来ちまったのである。世間でいう下積み時代が何年かあったけれど、それは私がさっぱりやる気がなくて、ばくちばかり打っていたからであって、だから私はいわゆる売込み時代の辛さを経験していない。

こんなことでは駄目なのである。人づきあいがいいから仕事が絶えないだけのことだ。

考えてみると売文業になって、ざっともう三十年である。おそまきながら、私もやっと人並みなことを考えはじめた。

あたふたしないで、一つのことに集中しよう。

ところが、一月の前半、昨年とまったく変らないペースなのである。仕事だけでなく、八方の人間関係のしがらみで、依然として雑事も多く、巣にいるときはヘトヘトになって寝ているだけということになる。

この一月の前半、巣に居て満足に夜眠ったことは一日もない。

仕事も雑事も、引き受けるのは簡単だが、ことわるのは実にむずかしいし、エネルギーも要る。

学校にも行かず、独学もしない、という私をなんとかここまで持たしてきたのは、幼少から積んだ世間学と、周囲の知人友人のおかげと思っている。私はいつも、さまざまな意味でいい友人に恵まれてきた。

だから人間関係は大切にしたい。私にできることで、相手が喜んでくれるなら、なんとか働きたい。それがこれまでの交友で得たもののお返しのように思う。

だから辛い。わがままな仕事ぶりになると、そういうしがらみをたちきらなければならない。

三十代の後半から、ナルコレプシーという病気が昂進して、麻雀がろくすっぽ打てない体調になった。麻雀だけでなく緊張が続かないので重たい仕事ができない。

当時は発作止めの良薬もなくて、ヒロポン系の錠剤を医者から貰ってわずかに鞭を打っていた。が、この病気は常人の四倍の疲労感があり、発作がひどいときは全身の脱力症状で手足が動かず、失神したりする。

それで、それまで書こうとしていた小説をやめて、軽い麻雀小説に逃げたのだが、そのために麻雀の誘いが方々からかかった。

先輩からも、知人からも、また見知らぬ読者のような人からも誘いがくる。雑誌のための麻雀もある。いずれも、坊や哲の麻雀を期待している。
けれども私は半分眠りこけたような麻雀しか打てない。麻雀のように小休みないゲームだと、私の体力は三十分持たない。あとは眠りながら、皆にうながされて打つ。發と中をポンした相手に、□を打ちこんだことがある。ドラ単騎のチートイツでリーチをかけていて、ドラ脚をツモって相手に放銃したこともある。眠っていて自分のあがりを放念していたのだ。眠っているように見えなくても、内容は失神していて、チョンボしたりする。

　それだけではない。ヘトヘトに疲れて（ナルコレプシーの疲労感は病人でなければわからない。足を地上から持ちあげることが《重くて》できなくて動けないということすらある）家に帰ると、それから何時間も魑魅魍魎の世界が始まる。普段なら必要な意識だけを交通整理して出す身体が、その力を失って、目茶苦茶な幻想が現われる。それが辛い。何時間も七転八倒する。

　それを百も承知で、誘いに応じて出ていったのは、人恋しさも多少あるが、麻雀を看板にして飯を食っている以上、麻雀の誘いに背を向けるのは恩知らずだ、と思っていたからだ。

変な理くつだけれど、麻雀小説なんてもので飯を食おうとは夢にも思わなかったし多少のうしろめたさも感じていた。

あの頃の阿佐田哲也の成績は、全敗に近い。やれば必ず大敗する。師匠の藤原審爾さんのお宅で、女学生や中学生とやっても大敗した。麻雀小説の収入の半分くらいは、この時期負けていたろう。

五木寛之さんが、気の毒そうに、

「私たちは教えて貰ってるのに勝っちゃって、まことに申しわけない」

というセリフがまだ耳に残っている。

そこでむずかしいのは、病気のせいだといえないことだ。何のせいだろうと負けは負けで、完敗しました、といって恐れいっていなければならない。

私だって、若い頃はこの種のゲームで勝ちこんでいた男だから、情けないし、口惜しい思いもある。発作がおさまったあと、奮起して、ちゃんと打っていくらかツキをとり戻した頃、また発作が来てポカをやってしまう。

この七、八年前から薬も開発されてきて五、六時間くらいなら眠らずに打てるようになった。でもあの頃はひどかった。我ながら、よく続いたものだと思う。それでも麻雀で得た人間関係から、それ以上に大きなものを得ているような気がする。

若老衰の男

「あのね、私、今日、重大な宣告を受けたの」

とカミさんがいう。

「指圧の先生がこういうのよ。肺の片方が機能を停止していて、このままでもう三月もすると、酸素呼吸に頼るほかない状態になってしまう。肝臓も目茶苦茶。全体に栄養のかたよりがあって栄養失調に近い。とても長いことは生きられないって」

「なるほど、それで？」

「その先生が指圧で直してくれるっていうんだけど」

「ふうん――」

カミさんの実家に、近頃、指圧の先生なるものが頻繁に出入りしていることはきいていた。指圧の先生といっても、自称であって、看板をかかげているわけではない。診療所も持っていないので、カミさんの実家を診療所代りにし、毎週何曜かに出てきて、患者を診る。

実家の人々はいずれもその先生の指圧を受けてから体調がいいのだそうで、近隣に宣伝するから、その何曜かは二十人ほども患者が集まる。先生はご機嫌で、朝から酒を呑み、もう家人のごとくふるまい、家を買いたいといいだして、カミさんの妹に売家を探させるなどしているという。

噂を小耳にはさむたびに、うさんくさい話だとは思ったが、なにはともあれ、身体に効能があるのなら、文句をいうほどのことでもないと思っていた。

「ねえ、嬉しい――?」

「なにが――?」

「あたし、死ぬのよ。嬉しいでしょう」

「べつに、嬉しくないよ。死ねば葬式だのなんだの、面倒くさい」

「あたしね、亭主が死んで、あと十年か二十年、一人で自由に生きるのだけがたった一つの楽しみだっていったの。そうしたらとんでもないって。このままじゃ今年か来年、それ以上は無理だって」

「いやにはっきりいうなァ」

「指圧って、そんなにはっきりとわかるものなのかしら」

「それはどうかな。俺はその人に会ってないからなんともいえんけど。いずれにしても医者に行けよ」

「あたしが病院を怖がってなかなか行かないことを、父が話したらしいの。それで指圧で直して貰えっていうんだけど」

「いや、とにかく病院で診断して貰うことだ。明日でも俺がついていってやるよ」

いくらか興奮しているらしく、カミさんの顔が赤い。

彼女はもともと虚弱体質で、気管支がわるく、近頃は疲れたりすると悪い咳をして寝ついてしまう。眼も悪いために並みの人より疲労が濃く、その疲労が一点に塊まれば病気の根にもなろう。私の仕事が不摂生の極みだから、女房もその不摂生にまきこまれる。また彼女も不摂生が大好きな性分でもある。

私が一見したって、どこか悪くないはずがないと思うくらいだから、本人も気にしている。乱暴な診断でも説得力はあるのだ。

とにかく、ふだんおっ放りっぱなしのお詫びに、もし入院にでもなったら、このさい看病専一になってもいいと思った。妻の病室の小机で、仕事をしながらなにかと世話を焼いている自分を好ましく想像する。私はそういうことというとすぐに夢に見る性分で、カミさんの死顔を前にして、妻への愛をたしかめている自分が夢に出てくる。

それで私の主治医の居る病院にカミさんを連れていったが、なんとばかばかしいことに、カミさんの肺も心臓も血圧もすべて平常で、なんの心配もない、という結果が出た。

完全に健康、といわれると、いやそんなはずはないという気もするけれど、とにかくよかったというほかはない。

「あのインチキ指圧奴」

カミさんがいつもの元気をとり戻して口汚なく罵った。

「最初から好かない奴だと思ったわ。あたしの身体を嫌らしくさわって」

「指圧だから、さわるだろう」

「ちがうの。ご飯のときも隣りに坐って助平にさわるのよ。お酒の臭いをぷんぷんさせて。一度会えばすぐわかるわよ。悪党ならまだ魅力もあるけど、ただ卑しいうすっぺらな顔なの。それで威張っててね。お父さんたちだまされやすいから信者みたいになってるけど、あたしが化けの皮を剝いでやるわ」

「まァ、しかし、あんまり気早にいうと、かえって弱みをつくるぜ」

「だって、レントゲンで見ればすぐわかるものを、あたしが医者に行かないと思って」

「こういう手はあるな。悪い悪いといっておいて、結局なんでもなかった場合に俺が直したといって恩に着せる」

「そうよ。家を買いたいなんて、そのお金だって、父のところから出させる気だわ。そのためにもあたしを助けたということにしたくて」

「証拠はないけどね。ただの推察だからあまり強くはいえない」

「証拠があるじゃないの。今日の結果」

「それでも水掛け論だ。しかし推察していえば、君の一家の人たちの場合も同じようなトリックかもしれないな。なんでもないものを、悪いといいたてて、それでかえってよくなったような気がする。病いは気からというからね」

「ほんとに家の人たちは世間知らずだから」

「今までのところは目立った被害はないんだろうから、ことを荒だてないで、しかし適当に遠去かって貰うことだな」

それはいいけれど、カミさんの方は悪いところはなかったが、ついでに診て貰った私の方が、医者はどうも首をひねるのである。

「血圧がかってないほど高いですな。血圧は日によって上下するとしても、やっぱり高血圧の前駆症状とも思えます。血液検査はまだ今日は結果がでませんが、コレステロールや中性脂肪や、血糖の問題なんかありますから、近々もう一度いらしてください」

「そうでしょう、先生、この人はもう長くないんでしょう」

「いや、そんなことはいいませんが」

カミさんは病院を出ると、先に立ってコーヒーを呑もうといった。

「今日は気分がいいわ」

「気分がよくてよかったな。俺が先に死ぬということがわかって」

「そうねえ。でも寝ついて貰っちゃ困るのよ。死ぬまで働いて貰わなくちゃ」

「いや。もう仕事は無理だ。これからは君にかわって働いて貰うことにする」

「冗談じゃないわよ。働くくらいならあたし死ぬわ」

「健康なんだから、ドシドシ働いてくれ。俺は隠居さ。一日じゅう寝る」

「そんな年齢でもないじゃないの」

「いや。若老衰だ」

「あたし、嫌ンなっちゃったなァ。やっぱり指圧の先生にかかろうかしら」

私の日本三景

このところ引越しということで、カミさんから、睡眠発作症の私は不要といわれて、外を転々としている。

昨夜まではホテルに居たが、今日は昔なじみの和風旅館に居る。仕事をしながら好きなときに居場所を変えられるので外からの電話はほとんどないし、家族も居ない。まるで若い頃の生活に戻ったようで嬉々としている。こうなると引越し先へなど戻りたくない。明日か明後日には久しぶりでドヤ街に行って泊ろうかと思ったりしている。

ふとしたことから二年ほど居た四谷のマンションを畳んで、世田谷区成城というところに移ることになった。先日遊びに来た古川凱章さんが、

「あたしが知ってからでも、八ヵ所移ってますなァ。十五、六年のうちに」

「そうなるかなァ」

「引越し魔ですね」

「でもその前の方がめまぐるしかった。住むというより泊ってるという感じだった。引越し先に落ちつくとすぐに次はどこに移ろうかと考えたからね」

「放浪記の頃ですか」

「あの頃はもっとすごい。巣を作ろうとしないんだから。人の家あり、事務所あり、ドヤあり、道路あり、割烹の居候という頃もあったし、どこにでも入りこんじまう。女と一緒に暮すようになって、これでも落ちついたんだ」

「引越しって奴は、金もかかるし、手間も食うし、大変でしょう」

「俺みたいな怠け者は、安定すると何もしなくなるからね。背水の陣という状況をいつもこしらえとかなくちゃ。でも年をとると、ガラクタは増えるし、おっくうだね。そこを無理して鞭打つように越しちまう」

　成城とは、ずいぶん似合わないところに行きましたね、と大概の人がいう。つい数年前まで成城に居た篠原クマさんが、

「成城でもピンからキリまであるさ、俺だって居たんだから」

といってくれるが、流行作家の川上宗薫氏が住んでいた家だから、大邸宅なのである。もし買って住むとしたら、どえらい銭が要る。

もっとも私は、大邸宅だろうとドヤ街だろうと、移ってさえいればなんでもよいので、いずれも仮の住居である。

それはそうと今居る旅館は神楽坂で、ここは私の生まれ育ったところだから、格別の思いがある。どんな細道でも知っているし、なつかしいが、ただし住んでいる人や家並みが大きく変わりつつある。

わずかに残っている幼なじみの店に顔を出すと、

「ここもビルラッシュでねえ」

「こんな坂道でもそうなの」

「今、十何軒建ちかかっていますよ。神楽坂をニューヨークみたいにしようたって合わないよなァ」

「ビルが建ち並んだころ、地震が来てぺしゃんこになるなァ」

夜、仕事をしていると、方々の待合から、麻雀とカラオケの音が聞こえる。三味線なんてものも見番で芸者がおさらいするときだけのものになってしまった。近頃のお客は歌謡曲しか知らない。

お客だけでなく、待合側もその方がありがたい。だって経営者が代替りして、昔の口うるさいカアさんたちは、死ぬか引退するかしてしまった。待合は、なぜか新規開業ができず、看板の後をつぐだけだから、数もどんどん減るばかりだ。

それでも私などには、こういう手軽な和風旅館があって、畳の上で仕事できるのがありがたい。女主人は木暮実千代の妹さんで、美貌に少しの衰えも見えない。久しぶりで来たら、トイレもストーブも、ポットも急須も、みんなモダンになっていた。

ホテルは夜中でも出入り自由だし、諸事便利だが、人間臭くないので感触が冷たい。逗留するなら和風旅館がいい。私は和風旅館のいくらか不便なところが好きだ。旅館側の誰かが寝ないで待ってくれてると思うから、街に出ても早めに切りあげようとする。私はネオン街などで時知らずに呑みたい方だが、そういうふうにお互いが気を使いあって、いくらかの不便を我慢するところに味がある。

けれども近頃は、小規模な和風旅館や商人宿のようなところが、目立って少なくなった。街の片隅に隠れていくらか残っているのだろうが、旅行者にはなかなかみつからない。

愛知県岡崎市の片隅に、これは完全な商人宿ふうだが、好きな宿がある。一泊朝食付三千円。古びた色町と寺町がまざりあったようなところにあって、ここの二階の六畳で炬燵に入って仕事したり酒を呑んだりしている。腹がへると近所の店から中華丼などとって貰って食う。

隣りが古い寺で、朝夕に鐘の音が遠慮っぽく鳴ったりする。雨の日など、寺の樹々をぼんやり眺めていても飽きない。静かで、気さくで、適当に放っぽらかしておいてくれるのもいい。そのかわりトイレも風呂も共同だし、電話も廊下にでなければならない。

新潟市にも似たような宿を知っている。天井板も壁も雨もりで模様ができており、私は小さいときからそういう天井を眺めながら寝たので、これが寝るという気分だな、といつも思う。旅館というものは小綺麗である必要はあるが、大綺麗にしてはいけないので、よく城下町などにある藩公の旧邸を旅館にしたものなど、広すぎるしサービスがしつこくてどうも苦手だ。それならいっそホテルのほうがまだよい。

私は名所旧蹟にまったく関心がないし、自然の眺めにも気持が向かない。温泉と銭湯の区別もつかないくらいだから、湯治場も向かない。ただ気のおけない部屋でごろごろ寝ていればよい。

神楽坂と岡崎と新潟、いずれも名は記さないが、これが私の日本三大旅館。

今、一度でかけて行ってみようと思っているのは、東北新幹線北上駅から秋田県境近くまで入る湯本温泉。ここに村松友視のカミさんの実家がある。話にきいているだけだが閑雅な宿らしい。東北地方一帯にはまだ古びた和風旅館が多い。

旅というイメージで、すぐに浮かんでくるのは、京都河原町の（一軒しかない）焼芋屋。ここの熱々の金時芋をかじりながら、京都の夜気の中を歩きたい。

旅でめぐりあった食い物を一つ選べといわれたら、富山の菓子で、名前をどうしても思い出せないが、卵白で造った白い雪の中に黄身の月がすけて見える奴。ほのかな甘味と舌ざわりがいい。北陸は和菓子の宝庫だと思う。

私の日本三景となると、松島だの天橋立なんて出てこない。

① 鹿児島県薩摩半島の外海側。

海と風の音以外、音が無く、光り満ち溢れ、時空を忘れる。

② 高知県東部海岸、甲浦附近白浜。
人影居らず、湾曲した白浜がどこまでも続いて見える。やはり時空を忘れる。

③ 新幹線岡山駅手前の山村。
桃太郎の出生地らしい日本の山村の好ましき姿。老いたらこのあたりに住みたい。

近頃商店風景集

べつにどうッてことないんだけれど、街を歩いていると、ときどき、フーム、と思うことにぶつかる。

▲——都心のあるおソバ屋さんで。若い娘さんが二人で店番をしていたが、入っていったらすぐにぬるいお茶をもってきてくれた。それはいいけれど、私はナルコレプシーという持病があるために、絶えず強い薬を用いている。外出するときは特に薬をのんでおかないと、ところかまわず眠りだしてしまうのだ。その薬のために胃がやられて、水をガブガブ呑むことになる。ちょうどそのときも、ソバというよりは水分をとりたくて店に入ったのだった。

それなら喫茶店にでも入るべきだったのかもしれないが、のどがカラカラというときは、お茶よりも冷たい水がほしい。

「わるいけどお冷《ひや》を一杯――」

それで娘さんがコップに水をくんで持ってきてくれた。卓の上におこうとして、

「あ、まだお茶があるじゃん――」

一瞬、手の動きが止まった。結局はおいてってくれたけど、昔の娘さんならそう思っても黙っておいてったろうな。正直でいいというべきか、思ったことがすぐ口に出ちゃって幸せだというべきか。
▲――それは立腹するほどのことじゃないけれど、もうすこし不愉快度が増すのは、トンカツ屋さんでこういう店がわりに多い。
私はケチャップを混ぜ合わせたトンカツソースというものが、あまり好きじゃない。けれども卓の上には、トンカツソースと醤油しかおいてない。

「ウスターソース、ありますか」

というと、奥から持ってきてくれる店もある。

「うちはソースはそれだけです」

という店があってカチンとくる。トンカツソースとして仕入れたかもしれないが、もともとはウスターにケチャップを混ぜ合わせただけのものじゃないか。トンカツにドロドロのソースが合うと店主は思っているかもしれないが、客にだって好みがあり、醤油で食おうがウスターで食おうが自由にしておくのが、心使いというものじゃないのか。

といって、注文しちゃってから立って出てくるわけにもいかない。カチンという塊りはだんだん大きくなっていって、もし店主が、トンカツはトンカツソースで食うもの、と思いこんでいるとすれば動脈硬化だし、誰だってこうやって食うさ、と一視同仁してるなら、人間をなめているということになる。

いったいに近頃、店側できめたルールを勝手に押しつけてくるところが多くなった。もっとも店というものが、そもそも店側の都合によって発足しているのだから、しようがないか。

▲――都心の別のおソバ屋さん。

「天ざるの大盛り――」

といった。すると、

「ウチは大盛りはやっていません」

という。

「あ、それじゃア、天ざると、べつにモリソバを一枚」

それで次に行ったとき、店のルールに合わせようと思って、

「モリソバを二枚と、天ぷらを」

といったら、三人ほどの女性従業員が集まって、小声で相談をはじめた。

そのうちの一人が近寄ってきて、

「あのう、ウチは、天ぷらというのはやってないんですが」

メニューを見ろ、というようにうながす。

「ああ、そう。——天ざるは、あるんだね」

「はい、あります」

「それじゃ、天ざると、ほかにモリソバを一枚」

そうしたら、調理場の中とも相談したあげく、モリソバを二枚と、べつに天ぷらの皿を持ってきた。

なんだい、と思う。怒るほどのことはないけれども、さんざんむずかしいことをい

ってておいて、たかが小盛りか大盛りか、ソバと天ぷらをわけるかどうか、というぐらいで思案にあまったようになるのが面白い。

けれども、このおソバ屋さん、ソバがうまいので、その方面に行くと寄ることにしている。今では私もすっかり呑みこんで、店の人を困らせるような注文はしない。
▲——またべつの、これは郊外に近い風格のあるおソバ屋さん。
やはりなかなかおいしい。メニューにお土産用の箱づめもできるというので、明日の朝でもまた食おうと思って、注文した。

箱づめにしたソバを包紙に包んでいるのはいいが、見ているとどうも茹でた奴らしい。

「あ、生ソバと思って頼んだのだけど」

「あいすいません。生ソバはやっておりませんのですけど」

「ああ、そう」

私は困った。茹でてあるのなら、早く食わなければノビてしまう。けれども今ソバを食ったばかりで、腹もへってないし、続けざまに食いたくもない。

「茹でかげんがむずかしいので、お客さまには茹でてさしあげるようにしております」

だけれども、である。そうはいわなかったが、どれほど名人芸が要るか知らないが、近所で走って帰るならともかく、まずノビてしまうだろう。名人の茹でたクタクタのソバを食えというのか。

まァ包んじまったものはしようがないわけで、持って帰って捨てちまったね。

▲——住宅地のお寿司屋さん。したがってツケ台で食う客よりも、出前の方が多い、だろうことは察しられる。

白身、と注文すると、

「すみません。ウチは白身はおいてません」

売り切れたわけではない。まだ宵のうちである。

「ウチばかりじゃない。このへんは大体そうですよ。白身をいれるとどうしても値段を高くとらなくちゃね。出前じゃどうしても、そう高くとれないから」

「ああ、そうか」

なるほど、家庭で子供たちに食べさせるときなど、ネタよりも安い方がいい。子供じゃなくたって、私だって昔、海苔巻と玉子だけの奴ばかり食っていたことがある。

そんな頃も忘れて、白身、なんてェのはキザだったわい。

「じゃ、中トロでも」

「赤身だけなんです。トロもこの頃は高くてねえ」

「そうだろうね。煮蛤、なんてのはあるかしら」

「調理物はねえ、おかないんですよ。手がかかってわりに合わないから」

私は干物のような穴子を横目で眺めてあきらめた。赤身と烏賊と小鰭、それだけ食って、最後に、

「干瓢巻き――」

「やってません。干瓢、近頃めったに出ないから。お新香巻きか梅紫蘇なんてのじゃどうですか」

主人は、店のルールを無視してる客だな、という眼で私を見ている。

桜パッと咲き

花の季節になった。近頃めったに家の外に出ないので、用事ができて外出すると、桜が咲きかけているのが眼に入ったりして、思わずドキッとする。

どうしてドキッとするのかわからないが、貧乏ヒマなしで季節感のない部屋で仕事をしているので、もう春なのか、と驚くのであろう。

私のような老境に達しかけている者には、自分の一生が駆け足で終ってしまうようにも感じる。

ところで、私は桜という花が昔からあまり好きでない。どうして花見などといって、皆わざわざ出かけていくのか。あの花の色は埃色ではないか。花咲爺さんが、ザルに灰を入れてパッと撒く。するとその灰が桜の花に変る。私には変化したように思えない。灰がそのまま枝に付着するのを、花だと思っているだけのことではないか。

満山桜、という言葉どおり、花で埋まっているようなところがある。東京でも上野の山とか、外濠沿いだとか、いまだに花の名所がある。四谷に住んでいた頃訪客の若い人たちとともに、酒瓶をブラさげて、外濠公園にブラブラ行ったことがある。

空地という空地が若い男女でいっぱいで、皆楽しそうにしている。なるほど、なまあたたかい夜気の中で酒を呑むのはわるい気分ではない。べつに花見じゃなくたって、酒を呑むのはいつだっていい気分だ。

私どもはやっと場所を見つけて敷物を敷き、グイグイ呑み交していると、若い人たちが勝手に女友達をみつけてくる。存外の美人が愛嬌よく一座に加わってくれたりして、私までフワフワして新宿の本格的な呑み屋まで行ってしまった。

それで、桜の花は、眼には入れたけれど、観賞するほどの余裕はなかった。

春は風が強くて、埃が立つ。私は髪の毛が長くて、手入れをしないので、風が吹くと髪が眼に入ったりしてうっとうしい。それで埃と花の印象がくっつくのかもしれない。

花は嫌いだが、人々の頭上に、花びらがチラチラ降ってくる風情は悪くない。あれは豪華な気分になる。元禄花見踊りというのも、踊りの手ぶりより、散り舞ってくる花びらが効果になっている。

花は桜木人は武士、というのは戦争中までの日本人を飾っていった言葉だ。散りぎわのいさぎよさがいいという。でも咲いているからこその花だ。散ってしまったんじゃ意味がない。あの言葉の印象のわるさも、花嫌いになった一因かと思う。

例外もあるぞ、と思いだしたのは晩春の京都嵐山である。四月の終り頃で、もう花どきは終っていた。嵐山の保津川の橋に立って嵐山を眺めたら、山の中腹より少し下のところに、おそ咲きの種類の桜であろう、一本、白く咲いているのが見えた。

全山若葉、その中に一枝だけ、咲いている。早緑の中の一点の花の色というのが、とても映えていろっぽい。嵐山を女性の顔とすると、ちょうど口もとのあたりで、チラと白い歯がこぼれてみえるという風情で、この桜は気にいった。桜は一枝に限るのではないか。

ところが、定見がないようだが、全山をおおう桜に圧倒された経験もある。新潟県の弥彦競輪場、あそこへ花どきに行ってごらんなさい。この競輪場は弥彦神社の境内のようなところにあって、弥彦山の裾野が一隅に入ってきている。この山裾が一面の桜で、これは本当に豪華な見物であった。もっとも同時に競輪であそんでいたからご機嫌だったのかもしれないが。

花どきに亡くなる人は極楽に行く、という言い伝えがあるが、どうも私の周辺は、毎年この季節に不幸がある。

今年も、縁者が二人、鬼籍に入った。伯母と従姉で、伯母は七十を越しているが、従姉はまだ五十代である。どちらも残されたご亭主の悲嘆が見る者の涙を誘う。

もう一人、歌舞伎の方で大器といわれた尾上辰之助さんが亡くなっている。まだ四十ちょっととかで、これも若い。

黒鉄ヒロシさんが、年頃も同じくらいで辰之助さんと大親友だった。辰之助さんがまだ元気だった頃、ほとんど毎夜つるんでいたのではないか。私も黒鉄さんを通じて、何度か遊んだことがある。まことに気持の大きい、魅力的な人物で、いつか一緒にラスヴェガスに行こう、などといっていたものだ。

「あんまり度はずれていい奴ってのは、人生の帳尻が合わなくなるんですね」

と黒鉄さんがいった。

「五%か十%は、下品で、ずるいところがないとね」

私は不摂生の親玉だが、もう燃えつきるだろうと自他ともに思いながら、辛うじてなんとか生きのびている。してみると、どこか、やっぱり下品なのか。

辰之助さんの通夜、葬式と、黒鉄さんは紀尾井町に通いつめていて、号泣したという。

その同じ日に、本年度の挿画賞が黒鉄ヒロシにきまったという報せを受けた。ところが肝心の本人が居なくて、連絡がとれない。辰之助さんのところだろうと思ったが、吉報を届けるには場所が適当でない。

夜に入って知った黒鉄さんは、泣き笑いで疲労困憊したらしい。

不思議なもので、凶々しいことと背中合せになって吉事も来るものだ。

黒鉄ヒロシさんは漫画家として一家を成しているが、かねてから、モダンでメカニックな現代画を描ける人だとにらんでいた。それでこのところ、私の小説はほとんど黒鉄さんに画を描いてもらっている。そういうこともあって、彼の受賞は私も自分のことのように嬉しい。

この次は、いつか、近い将来に、黒鉄さんと五分五分に組んで、幻想的な絵物語の本を作りたい。何年か前から二人でときおりその話をしている。

それはともかく、吉事も凶事も、突然やってくるので困る。私のように原稿のおそい者は、突然のことに時間をあける余裕がない。

ただささえおくれているところに、葬式の連続で、日程がよろめいているうえに黒鉄さんの受賞で、またひとつ事が重なった。けれども、なんとか乾盃をしなければならない。

そこで今、貴重な時間を考えながら、慌しく乾盃をしている。井上陽水さんとかまやつひろしさんもとりあえず来てくれた。これで辰之助さんが居たらなァ。

「おめでとう、賞金はいくら？」

と陽水。

「わからない。いくらだろう」

「またそれを皆で奪い合えるね」

「冗談じゃない。ご祝儀を貰わなきゃ」

うまいワインが何本も並んで、なかなか席が立ちにくい。どうも私は、おめでとうをいうのが好きで始末がわるい。

えらい人えらくない人

誰それより誰それの方がえらい、というういいかたは、ほんのシャレであると思っていた。ところが案外に、世間ではマジないいかたで通用しているようだ。

「今日はえらい人がたくさん来ているなァ」

というときのえらい人というのは、社会的な地位が上であるというほどの意味で、べつにそれ以上の厳重な意味合いがあるわけではなかろう。

えらい人が通るからといって、昔のように、土下座して見送るわけではない。えらい人が、えらくない人に向かって、おいこらッ、というような口のきき方をすることも、普通ではお目にかからない。

益荒雄より、千代の富士の方がえらいといういい方はある。むしろ自然ないいかたであろう。お相撲さんには番付という共通分母がある。

中曾根首相は私よりえらい。このいいかたはどうであろうか。

総理大臣は、社会的にえらい人だ、このいいかたならば、まだ納得が行く。けれども、私は政治家を志向したことがないし、中曾根さんは小説家を志向したことがないだろう。二人の間には計るべき共通分母がない。もちろん、私が中曾根さんよりえらいともいえない。

けれども案外に世間は、共通分母のないものを、簡単に比較する癖がある。

山下清という人が居て、兵隊の位でいうと、という彼のセリフが受けたことがある。あの人は兵隊の位でいうと、どのくらいか、と訊くのだ。えらさを計る物尺《ものさし》のない時代に、たくまずして痛烈ないいかたをするものだと感心したおぼえがある。

まだ戦争の思い出がなまなましい頃で兵隊の位というものが、ほとんどすべての男たちに共通の物尺であった時代が、すぐ昨日までだった。そうして、兵隊の位でいえば、上等兵とか、軍曹とかいういいかたが、彼我の差を誰にもわかりやすくさせた。

今、そういういいかたはない。ソバを何十杯食えるとか、百メートル何秒で走れるとかいうのは全体の尺度にはならない。

にもかかわらず、誰それより誰それの方がえらい、という口調がまだはびこっているようだ。口に出さないまでも、腹の中でたえず比較して判定をつけている気がする。

いったいどういう基準で、判定しているのだろうか。

財産の多寡。これはいかにも力がちがうように見えるし、実際にまたそういうこともありうる。

肩書。これはどうだろうか。大学教授と銀行の頭取と、どちらがえらいか。

風采。生活の内容が外見に出るということはある。しかし、毎日の新聞を見ると特に都会では、風采だけでは信用を得にくい社会になっていることがよくわかる。

私のような戦争育ちの者は、権威がくるくると変り、飾られた物が画餅に帰するところをちょこちょこ見ているので、財産も肩書も風采も、不変のものには思えない。

比較根性は下司のやること、という言葉がある。もし本当に比較をする気なら、その人を神さまと比較しなければ、その人に対して失礼なことになる。たかが人間同士を比較して、位をつけてみてもたかが知れている。

けれども、日本には、たとえばキリスト教文化圏のように、比較の対象にすべき神さまが手近なところに居ない。それが困る。

つい、その場で、印象を主にどちらが上か定める。これが往々にして当てにならぬことが多い。リーチ、と声をかけられてから、その人の捨牌を見て考えこむようなもので、ピンズをたくさん捨てているから、ピンズ待ちは無いと思うと、ふりこんでしまったりする。

私は、どちらがえらいかなんてことをあんまり気にしない方がいいと思うんだな。どうせ我々には、確かな答がつかみづらいのだから。

自分と、他の人を比較する癖をやめることだ。

自分は自分、他人は他人。

それじゃ社会生活ができない、というかもしれないが、そんなもんでもないよ。第一、正確な基準なんてないのだ。えらいってのはどういうことだか、それもよくわからない。

そうすると、少し気分が楽になってきませんか。

もしどうしても比較しなきゃおさまらないというなら、皆、自分をゼロにしてしまえばいいのだ。ゼロ同士なら、それが共通分母になる。その上で、あの子は開成高校に受かったから、末は東大、大蔵省かもしれない（そう決まっているわけでもないのだが）とか、偏差値がどうとかいって一喜一憂すればいい。世間の仕組を一〇〇に見立てて、自分をゼロにすれば、相撲の番付のようなもので、答は確かに出る。

お母さん方、息子をえらい子にしようというのは、ほとんどの場合、そういうことに等しいのですぞ。

先日遊びに来たある芸人さんが、

「Xさんね（高名な芸人だ）、強姦の名人で、もう五十人以上やってるそうですよ。あの人に強姦されても、文句をいう女がいない。えらい人ですねぇ」

といった。えらいというのは、たかだかそのくらいの意味に使っておけばいいのだ。だって、当今のお母さん、息子を、社会のために命をなげうってつくす、ような人にさせようと思ってないだろう。たかだか中流の上で安定させようとして鞭打っているのだろう。そういうのはえらくなるってことじゃない。

この前、老いた大工の棟梁がこんなことをいっていた。

「むずかしい世の中になったねぇ。昔はね、手に職をつけるのが一番あぶなくない生き方だった。あたしなんか、親父から大工の腕を仕込まれて、それでずっとやってきたんでさァ。ところが当節はね、世間の変り方が烈しいからね。あたし等の世界だってみんな綜合的になっちゃって、瓦屋だの建具屋だのって、困難になってますよ」

「そうだね、経師屋さんなんかも、辛いとこだろうな」

「辛いどころか、これからやっていけねぇよ。この前新聞見てたら、寿司を握る機械ができたんだと。それじゃ小僧っ子の時分から修業した寿司屋の職人はどうなるんだい。手に職をつけたってあぶなっかしくてね。そこへいくと学歴って奴はまだ信頼できる。うちなんかでも、息子は一応、大学は出しますよ。いざってときのレッテルになるから」

そうなのである。これはもっともな意見できいていても辛い。だから猫も杓子も学歴を得ようとする。ますます試験地獄になるわけである。

それをよせといえない。自分をゼロにして、とにかく世間の通行証を貰う。組織社会の兵隊になっていくわけだが、それ以外になんとする。これからの若い人が本当にかわいそうでならない。

〃仕事の鬼〃の弁

近頃私は、一、二の人から〃仕事の鬼〃と呼ばれている。広い世間で、一人二人の人がそういったからといって、なんということもないのだけれど、誰もいわないよりはいい。

連日連夜、机の前に坐って日を送っており、一歩も外に出ない。一作書きあげると、なにこの程度のものならまだ続けて二つ三つは書けるぞ、などとうそぶいたりする。仕事というものは、やってみると案外に、遊んでいるよりは楽だということを発見した。

まず第一に、まわりの者に誤解されることがない。女房は、自分のために寝ずに働いてくれると思っている。実際は家族のためというより私自身のために働いているので、このへん誤解がなくもないが、こういう誤解はそっとしておくに限る。

なんとか女房にダイヤの指輪ぐらい買ってやりたいと思って、競輪に行ったりするのだけれど、こういうときは女房はそう思わない。また私も、志がくいちがって負けて帰ったりするので、指輪を買わないせいもあるけれども。

そこへいくと仕事は、指輪を買わなくても、女房はよろこんでいる。彼女にいわせると、亭主が働いているときに、自分だけのうのうと風呂に入ったり、寝たいだけ寝たりするのが実にいい気分だそうで、その気持はなんとなくわかる。

まず女房がよろこび、編集者がよろこぶ。私自身も、トイレの中なんかで、

「ああ、よく働いたな。この分だと、いい老後がすごせるかもしれないな」

なんて、しなびた自分の一物を眺めたりすることがある。

昔子供の頃、好きなことばかりやっていると、えらい人になれない、やりたくないことを我慢してやらなくちゃいけない、なんて、お説教されたことをチラと思い出したりする。

してみると、いくら働きたくても、働いてばかりいたのでは駄目だぞ、と思ったり

もする。

仕事がしたいときに、仕事ばっかりしているのは、わがままだッ、なんて。今、遊びたくはないんだけれども、そういうわけにもいかないから、お義理に少し、遊ぼうかな。

今、階下で、四人ほど来客があって、私のこの仕事が終るのを待っている。ゴールデンウィークに、競輪旅行でもして羽根をのばそうか、というのである。そんな閑があったら、次の長編にかかるための準備でもしたい。競輪なんて今興味がないのだけれど、交際というものがある。

昨夜、私も銓衡委員をしている新人賞の授賞式があり、後で受賞者をかこんで会食したが、その席上で受賞者が、

「――どうか気永に見守っていただきたい」

というようなことをいった。懸賞小説というものは、全力投球してしまっているので、第二作というやつが、むずかしい。かなり時間があればまたいい物が書けるとしても、中一日の投球では、どうしても味のうすい物になる。受賞作よりも面白い第二作が書ける人はめったに居ないし、居たらその人は大物である。

けれども、私はいった。

「大変だけれども、編集者はそんなに待ってくれませんよ。新人賞も多いから、すぐ忘れてしまう。そこが困るんだけれど、なんとかやっていかなくてはね」

脅かすなァ、と皆が笑った。

私も新人賞を貰った頃に、なかなか後続が書けなくて苦労したことがあった。だから、第二、第三作あたりに苦しむのはよくわかる。

受賞者が、なお、

「自分も回転があまり早くないので、じっくり型で、ぱっぱっとできないんです」

「ははァ、すると遅筆型か。それは心強い。でも原稿がおそいと五割は損ですよ」

私はそういいながら、にやついている自分に気がついた。原稿がおそい者にとって、同じタイプの書き手が増えるのは好ましいことだ。自分ばかりわるくいわれないだろうと思う。どんどんおそい人が増えれば、自分などは押し出されて、速いタイプの方に回るかもしれない。

私が直木賞を貰ったとき、原稿のおそい両横綱、井上ひさしと野坂昭如が、また仲間が一人増えたぞ、といって乾杯したという。

純文学の方では、田久保英夫と三浦哲郎が、なんといっても両横綱である。田久保さんは、作品に手をつけるまでが時間がかかる。沈思黙考のまま日がすぎて、書き出しができるのが、校了日の翌日だったりする。そうして、手をつけてしまえば疾風迅雷かというと、やっぱり兎の糞のごとく、ぽつり、ぽつり、というペースであるらしい。

三浦哲郎さんのペースは、夜を徹して仕事をして、大体原稿用紙一枚ぐらいらしい。朝方、その一枚を貰っていったん帰社する編集者の心情は、察するにあまりがある。

私が今連載小説を書いている雑誌に、田久保英夫も連載を書いている。毎月、あっちは今、どのくらいだね、と田久保氏の様子を編集者に訊ねる。今、何枚まで入っている、と返事があって、こちらも一喜一憂したりする。田久保さんの方も同じらしい。

その雑誌に、三浦哲郎も近々、連載小説がはじまるという。実にどうも、心強い。反対に編集者たちは戦々兢々だ。

田久保さんも三浦さんも、ふだん会うと実にあたりがいい。原稿であんなに手こずらせる人と思えない。

五木寛之もおそい。一見、速そうに見えるかもしれないけれど、田辺聖子もおそい。

田辺さんは関西在住だから、ファクシミリができる前は、編集者が出張して原稿をとりにいく。電話で、その前に、たしかにできあがったときいて、とりにいくと、

「ごめん、どうもできがわるいので、書き直してるの」

だからいったんできた原稿は破いてしまった、という。そういう手こずらせかたも田辺さんらしい。

そうかと思うと、速いタイプもある。亡くなった川上宗薫さんなどは、週刊誌の連載など半分もいかないうちに、完結までの原稿が全部入ってしまう。雑誌の短編小説など、一ヵ月ぐらい前にできる。あんまり速いので、編集者が机の抽斗にしまっておいて、紛失してしまったという話もある。

ご当人も、

「註文が減るとね、時間が余っちゃって酒を呑んじゃうんだ。アル中にならないためにも仕事しなくちゃ」

それで読切小説など、三十分くらいで書いてしまう。だからいくら流行作家でも、どうしても時間があまってしまうのだ。それで酒を昼間から呑んで、早死にしたような気もする。だから仕事好きもほどほどにすべきである。

そうだ、仕事をしすぎてはいけない。健康のためにも遊ぶべきだ。では、四人が階下で待っているので、遊びたくはないが、行ってきます——。

ドーナツ中毒

歯がわるくなって、食べ物に片寄りが生じる。煎餅やピーナツをパリパリポリポリやっていたのは、遥か以前の記憶になった。今だってたまに前歯ですこゥしずつ嚙んだりしてみるが、ああいうものは歯のことなんか考えたりして食っても面白くない。

では入れ歯にしろ、とまわりがいう。わけあって、自然に一本もなくなるまでこのままで居ようと思う。わけあってというのは、歯医者に行くのが怖くて面倒くさいというだけの話だが、実際、明日死ぬかもしれぬ身だし、苦労してお獅子のような歯になって、とたんに死ぬようなことでもあれば、恨みが残って成仏できない。

私の父親が歯が一本もなくて、九十歳をすぎてもうまそうに大飯を食らっていた。

肉とかソバとか、噛み切りにくいものは、鋏を使って適当に切る。口の中で味わった後、そのまま鵜呑みにしてしまう。

「俺は酉年だから、鵜呑みでちょうどいい」

といっていたが、そういうことをいえば私だって巳年だから、鵜呑みは得意のはずだ。

こうなるとありがたいのは穀類で、米飯、パン、ソバ類、いずれも歯なんぞとは関係なしにするする入っていく。米飯は昔から大好きだったが、焼き止てのパンのパリパリの耳のところなんぞは、歯も折れよと噛んでしまって飽きない。

本当に近頃はおかずというものが要らなくなった。まるっきり無しでよいわけでもないけれど、飯を食うのに忙殺されておかずの方まで箸がのびない。もしおかずが大量にあると、それに比例して飯の量が増えてしまうから、ちょッちょッとあれば、それも飯の味をそこねないものがよろしい。したがって外食というものに魅力を失った。

近頃、中毒してしまったのは、ドーナツである。つい半年ほど前までは、ドーナツ屋に蝟集する若者たちを見ると、近未来の生活の味気なさを眼のあたりにしたように思ったものだが、近頃は、食物というと、まずドーナツ型を思い浮かべるようになった。

食物とは、ドーナツのことである。

そういう実感がある。私もとうとう近未来型人間になったのか。中毒のきっかけは、やっぱり食べよいということだった。仕事をしながら食べるのにふさわしい。鉄観音茶かアイスティでもあれば充分で、立ち動く必要もないし、銭もかからない。

毎朝、自転車で人通りのない道を散歩するが、その折りにどうしても寄ってしまう。拙宅のそばのミスタードーナツは何時でも開いているようで、私は夜明け方に腹がへる体質だから、まことに好都合だ。

但し、私の好むドーナツは、一種のみ。ココナッツと命名されている奴で、なぜか他のには手が出ない。

ココナッツというのはホームメイド式に固めに仕上げたのに、ココナッツの白い粉がまぶしてある。嚙みつくと、むッと乳の匂いがして、黄色い地肌が現われる。私は牛乳が大嫌いなので、ここのところが説明困難だが、嚙みついたときの乳の匂いが存外によろしい。さして甘くないし、油っぽくもない。

それにしても、一日必ず一個は食べずにいられないとはどうしたことだろうか。ココナッツ以外に中毒性の粉もまぶしてあるのかしら。

私が食品会社をやったら、きっとやりだして、違反ですぐに摘発されてしまうだろうな。食品を売る一番手っ取り早い方法は、中毒性のものを入れることだろう。麻薬じゃなくたって、中毒性のあるものはたくさんある。

まァそれはともかく、毎日食ってるくせに、ドーナツを食う夢まで見る。眼がさめると、机の横にドーナツの残りがあることを思い出して、やっ、と起きるという案配である。今の実感では、米飯もドーナツ型にして貰いたい。コロッケも然り、豆腐や玉葱も然り。その上からココナッツの粉をまぶす。するとドーナツ型の糞が出るか。

アメリカ映画を見ていると、ドーナツをコーヒーに浸して食べる場面によく出会う。私はまだやったことがない。コーヒーも近頃はめったに呑まないから。

コーヒーは遠去かっているが、私は強い薬を常用しているせいで、めったやたらに水を呑む。鉄観音茶を冷やしておいて、夏冬かまわず間断なく呑んでいる。これもなにか、中毒性のものが入っているのじゃないかと思うくらい、無いと居られない。外出するときも、小型の瓶に入れて持ち歩く。考えてみると、日常飲食しているものはすべて中毒しているといっていい。

鉄観音中毒のせいかどうか、酒というものにあまり積極的な魅力を感じなくなった。これは歯のせいではない。たまに外に出て知合いのバーに入っても、ビールだの水割りだのより、ウーロン茶が欲しくなる。

清涼飲料水というものに、私は長いこと不満だった。冷たいのはいいが、どうしてどれもこれも甘ったるいのだろうか。あれでは呑めば呑むほど喉が乾く。甘くない清涼飲料水というとビールになってしまう。その不満をウーロン茶が満たしてくれた。近頃は自動販売機にもウーロン茶がおいてある。呑めば呑むほどまた呑みたくなる点は同じだが、癖もないし、これは将来世界を席捲する飲み物になると思う。

これから夏に向かって、黄色い西瓜という厄介なものが果実店に出廻ってくるのが怖い。私は毎年これに中毒して、切り身を毎日のように買ってくることになる。赤い西瓜もいいが、黄色いのを見かけると、どうも素通りできない。

いつも不思議に思うのは、色が変るだけで、なぜ味もちがうのだろうか。黄色い西瓜は、クリーム西瓜と称して売っている。なるほど、かぶりつくと、かすかにクリームソーダのような匂いと味がする。

そこがいいのだけれど、氷イチゴとか氷レモンとかは、人間が人工甘味料と香料を入れて作るので、イチゴが赤い色になり、レモンが黄色い色になるのは不思議でもなんでもない。

果実がそれにならって、赤いのが氷イチゴ風、黄色いのが氷レモン風になるというのが奇妙だ。

なんで、黄色はレモンの味、クリームの味と、西瓜が知っているのですか。

すると、これも氷イチゴ、氷レモンと同じく、人間が手を加えて、それなりの甘味料と香料を加えるのか。

そういえば、果実の味が、いったいに私の子供の頃とちがった。ミカンなど、とても甘い。けれどもガムシロップのような甘さで、酸味がすくなくなった。リンゴも人工的な味だ。ブドウもそうだ。

農園の人が注射器を持って、うろうろしている姿も想像できなくはない。

けれども黄色い西瓜は、子供の頃からクリームっぽい味だったように思う。なんだか不思議で、貴重な味だ。

ババを握りしめないで

「どうも、何かありそうですね――」

とこの頃、ときおり街で行き合う人からいわれる。雑誌などで、ドシーンと何かが来そうだという記事にもお目にかかる。

「何かありそうというと、地震――?」

「かなんだかわからないけど、おったまげるようなことが」

と、なじみの寿司屋の勝ちゃんという十五歳の若い衆がいった。

「君がいうようじゃ、ほんとうに何かがくるかもしれないな」

以前、学者やジャーナリズムが目いっぱい騒ぎたてたことがあった。そのとき私は、皆が騒ぎたてるようなときは来ないさ、と思っていた。災害に本命レースはすくない。泰山鳴動して鼠一匹も出ず。それじゃみっともないと思ったのか、最近は予想屋みたいな存在があまり出てこない。インテリも、奇妙に黙っている。ちょっと不安そうなのは、街の中のひと握りの人たちである。

実をいうと、私も、そろそろ機が熟してきたのかもしれないな、と思っている。私は易者じゃないし、超能力もない。そういうことにほとんど興味がない。だから一人で呟いてみるだけで、誰もきいてくれなくたっていい。それに私自身が、だからといって防備態勢を作っているわけでもない。

その一方で、故意にそういう顔をしているのかどうか、なんだか有頂天になっているように、楽天的な人たちも居る。

特に政治家。

必死になって政権を奪い合っているようだが、ドシーンと来たらどうするつもりなんだろう。不時のことに直面してうまく対応できる能力など人間にないといえばそれまでだが、そういう不安すら忘れてしまっているように見えるが如何なものか。ただでさえ政策も見識もない人物が、大事に対応できるとはとても思えない。

私には、今の政権争いは、勝負弱いばくち好きが、わざわざ悪いフダを引き当てようと騒いでいるように見えてしかたがない。

弱い奴が総理になるなんていうのは、大変おそろしいことだ。そいつが総理になったとたんに、すべてがツカなくなってしまって、国民はもちろん、彼自身も大苦しみの末に斃れるなんということにならなければいい。

ドシーン、は天災とは限らない。

今、土地関係の人の金銭に対する概念と、一般の庶民のそれとは、完全に大差になってしまった。不動産関係の人たちのマージャンは、千点十万円だという。さすがの暗黒街も、彼等と同一レートではマージャンもできない。

こんなことは異常中の異常で、物の値打ちが実質的にハネあがっているわけではない。すべては思惑だけで、つまり、ババ抜きをやっているようなものだ。大方の勝負師はカードをやったりとったりしていって、途中でアガっていくが、最後にババを持ってしまう人がどうしても出てくるのである。トランプのババ抜きとちがって、それは一人とは限らない。弱い者は皆、ババを握って置き去りにされるのだ。

ババ抜きゲームも、すでに山場をすぎた感じである。もうこれからは、表面には見えないが、ババをめぐっての熾烈な争いが残っているだけである。トランプとちがって、実世間は手順をふまないから、ある日突然、手の中のカードがババと化すのである。

土地だけじゃない。企業がそうだ。企業なんてものはまず第一にイメージ戦争なのだ。株価はイメージによる思惑にすぎない。ここでもババ抜きゲームがおこなわれている。

いつでもなかなか醒めている連中がいて、ババ抜きゲームを興趣ゆたかに盛大にさせ、自分たちはいつのまにかあがって、墓場を敗者たちに残していく。株では、今まではいつも大衆がこの役割をさせられてきた。

比較的健康な時代は、物の値打ちと人々の概念が、わりにひっついているものだ。それがだんだん回転が速くなって、イメージ戦争になり、ヒステリー状態に達する。そこで神の摂理のように、ドシーン、が来て、スタートに戻る。

近頃、なんだか空を見上げることが多い。晴れた夕空が常より美しく見える。敗戦前後の空の美しさを、ふっと思い出す。

あの頃、ヤミ市で一緒にざわざわしていた連中と、私の発案で奇妙なゲームをした。

一応、知名人で、この年末までに死ぬと思った者を予想する。三人連記制である。

銭を賭けたゲームだったが、私が小箱に封をして投票を預かり、年末が来た頃には投票者に姿を消している者が何人もあり、ゲーム不成立になったと思う。一人当てた者が二名ほど居たが、私は当らなかった。

けれども、私が予期したとおり、投票紙を開いてみると、東条英機とか、それに類する者をほとんどが記していた。私ははじめからそういう存在は記さなかった。そこが一種のトリックで、皆が記しそうな者を当てたって配当がすくなくてつまらない。これは穴を当てるに限るので、皆のイメージが偏りそうなときにやるゲームなのだ。

それもあるけれど、真の死者は（妙ないい方だが）いつも意外なところから出ると思っていた。世の中は、人間が簡単に考える意味などに合わせて運んでくれない。たとえば、老人も、この種のゲームでは、それほど率がよくないと思う。老人というのは、他人が常識的に死にそうだと思うほどに、死んでくれないものだ。

私がそのとき記した三人は、武運つたなく期限内に死ななかったが、我ながらわるい狙いではなかったと思う。誰を記したか記憶しているが、中にここには記せない人も居た。一人はスターリンだった。もうひとりは、やっと戦争が終ってこれから自分が活躍するときだ、と思っているような人を、あれこれ迷いながら考えた。たくさん居すぎて始末がわるい。迷ったあげく、その線でいうと常識的な人物を書いてしまった。徳田球一。

三十年代の後半にも、酔ったまぎれにそのゲームをやったことがある。このときは五人連記制で、私が一人で当てた。それは力道山で、たしか〆切ぎりぎりの暮れに亡くなったと思う。力道山には申しわけないが、会心の当りだった。

まァそんなことは自慢にもならないけれど、事象というものは、限りなくアンバランスであるように見えて、大きく見るとバランスが微妙にとれている、そのあたりを探ることにあるようだ。

天災であれ、経済変動であれ、どうやって身を処したらいいかわからないが、とにかく、私に投票させれば、今は防備の時、という方に賭けるだろう。

楽しいことは、もうしばらくの間は、売り切れだぞ、と思った方がいい。

もっともね、私などがいいだす前に、利口な人たちはちゃんとその用意をしているのだろうが。

氷を探して何百里

むし暑い京都の街で、氷いちごが食べたくなって、それらしい店のショーウインドーをのぞくと、氷の上にアイスクリームや果物の切れはしや白玉などがでこでこに飾ってあるのばかりだ。

「こういうのいらん。もっとシンプルなのがいいな」

というと、連れの川上宗薫未亡人も、

「そう。アイスクリームなんて今食べたくない。あたしが食べたいのは、昔あった氷水《こおりすい》」

「いいね、氷水。俺も食べたい」

川上未亡人は私と歩くと親子にまちがわれる。若い未亡人だが、氷水を知っているというのが嬉しい。氷水とは、色のついていないガムシロップに氷をかけたもので、シンプル中のシンプルだ。

ところが錦小路から京極の方まで歩いても、全部デコデコの氷ばかり。

「いいんだよ。当世の若い人たちの好みなんだろうから。でも、一軒ぐらい、昔のままのをやってる店があってもよさそうなもんだな」

私たちは意地になって、新京極から四条通り、木屋町の方まで歩いたが、みつからない。私もものにこだわるたちだが、川上未亡人も相当に意地張りで、みつかるまで、どこまでも歩くという。

すでに喉はからからで、汗も出つくしてしまっている。

「デコデコしないと値段を高く売れないんだな」

「若い人たちはかわいそうねえ。昔のような氷が食べられないなんて」

「でも若い人たちは、アメリカ資本の店でフラッペ風な飲み物に群がってるんだろう。氷なんてどうせ時代おくれなんだから、昔風にしておいてくれればいいのになァ」

私たちは砂漠でオアシスを求めるアラブ人のようになっていた。ソフトクリームや、アイスキャンデーや、デコデコ氷なら、数軒おきに店がある。けれども今さらそんな店に入れない。

不思議なもので、アイスクリームが今は仇敵のように見える。

「氷イチゴにね、ラムネをかけると、ピリッとしてうまいんだ」

「氷白玉というのもあったわね。白玉が食べたくなっちゃった」

「南国の街に行くとね、たとえば鹿児島とか、高知とか、氷屋のタネ物の種類がものすごく多いんだ。嬉しくて片っ端からそれを食いたくなる」

といっているうちに、ついに一軒みつけた。四条通りの高島屋の附近で、〝竜庵〟という地下の小綺麗な店。

身をのめらせて氷を食いたい衝動を押さえて、落ちつきはらってメニューを眺める。氷イチゴ、氷レモン、氷メロン、シンプルなのが並んでいて、氷金時、氷宇治金時なんてのもある。氷金時は東京でいう氷あずきのことだ。

川上未亡人が突然いった。

「氷金時に白玉を入れてください」

「ああ、それじゃ俺も同じものを」

やがて運ばれてきたのは、氷の山の上にアイスクリームみたいに丸く固めたあずきと、白玉がデコデコに乗っている奴だった。

「なんだ、これならどこにでもあったな」

「あたしは下にあずきと白玉があって、それに氷がかかってるのを想像してたの」

食べ物のこだわりというのは不思議なもので、今の今までシンプルな氷に気持がとぐろを巻いていたのに、店に入って坐った一瞬、こういうことになる。

しかし氷のけずり方もうすくなめらかだし、甘みも適当でうまい。上か下かということもかきまぜてしまえば、同じともいえる。

「ええとね、氷イチゴをもう一つください」

といったら川上未亡人が、お、なかなかやるな、という顔をした。

「あたしね、子供の頃食べたアズキアイスというのを食べたい。京都にはあんまり無いみたいよ」

「俺はね、大阪にある〝北極〟というチェーンの、昔ふうのアイスキャンデーを歩きながらかじりたい」

といっていたら、本当にその晩、サントリーミステリー大賞の新鋭作家黒川博行さんの羽曳野の家に泊ってしまって、翌日黒川夫妻とも連れ立って、南の盛り場に行った。そうして〝北極〟の本店でまた氷を食べた。

「このお方はね――」と未亡人がいう。

「昨日、京都で氷のお代りをしたのよ」

「氷というのはね、いくら食べても喉の渇きがとまらないんだ。食べはじめるときりがない。やめられなくて昔苦しんだことがある」

「氷中毒というのがあるかしら」

「あるみたいだよ。知人の女性で、会ってる間じゅうカリカリといい音させて氷をかじってる人がいる」

ところで、川上未亡人のいうアズキアイスというものを、黒川夫妻は知らなかった。それはどういうものか、という質問を受ける。

「ミルクの代りにアズキが入っていて、うす赤く染まってる。アイスクリームのお赤飯みたいなもので、安いんだ」

「そう、入れ物に山てこに盛ってあって食べきれないほどあるような感じで、嬉しいの」

と説明しても、食べ物だけは食べてみないと要領をえない。〝北極〟のアイスキャンデーをしゃぶりながら、南の盛り場を歩いたが、ついに見かけず、新世界のジャンジャン横丁、あそこならばあるかもしれないということになった。

新世界は昔、私も馴染んでいたところで、それからも何年に一度くらいのわりで来ているけれど、変らないようで、どこか微妙に変っている。

アズキアイスは発見できなかったが、これも昔なつかしい串カツの店に入ってビールを呑む。猛烈に安い串カツとフライと土手焼きと、ひとつひとつに川上未亡人が感動の声をあげる。

「あたし、近くに住んでたら、毎日ここに来ちゃうわ」

大阪駅（梅田）の構内に立食いの串カツ屋があって、揚げたての肉だの野菜だののフライを、四角い箱に入ったソースにブシュッとつけて、食いだすとやっぱりきりがなくなって、腹一杯になるまで食ってしまう。ところが最近、この種の店は、ホルモンの土手焼きやタコ焼きの店に追われて、盛り場でもあまり見かけなくなっているようだ。

川上未亡人を感動させた六十円の串カツは、あれは何の肉かな、という話になった。

「犬、じゃないかな」

「いや、そこまではどうかな。馬、だろう」

「とにかく牛じゃないね」

「なんでもいいわよ。おいしければ」

　川上未亡人は食い魔が昂じて、京都で官休庵流の懐石料理を習っている。月に一回、東京に来てヴェトナムの人にヴェトナム料理も習っている。一日じゅう、食べることを考えているというらやましい人で、けれどもアズキアイスやジャンジャン横丁の串カツは学校で伝授しないだろうから、永久に作るより食べる側に居るような気がする。

この本は福武書店より一九九二年一一月に刊行された『色川武大　阿佐田哲也全集・12』、一九九二年八月に刊行された『色川武大　阿佐田哲也全集・13』文藝春秋より一九八九年一二月に刊行された『ばれてもともと』から新たにアンソロジーとして編み直したものです。

本文中には、現在の人権意識に照らして不適切な表現が数箇所ありますが、執筆当時の時代背景や作品の古典的価値、および著者が他界していることなどに鑑み、原文のままとしました。

（編集部）

中公文庫

いずれ我《わ》が身《み》も

2004年3月25日　初版発行
2018年2月15日　3刷発行

著　者　色《いろ》川《かわ》 武《たけ》大《ひろ》

発行者　大橋 善光

発行所　中央公論新社
〒100-8152　東京都千代田区大手町1-7-1
電話　販売 03-5299-1730　編集 03-5299-1890
URL http://www.chuko.co.jp/

DTP　ハンズ・ミケ
印　刷　三晃印刷
製　本　小泉製本

Published by CHUOKORON-SHINSHA, INC.
Printed in Japan　ISBN4-12-204342-5 C1195

う-9-5
ノラや
内田百閒
ある日行方知れずになった野良猫の子ノラと居つきながらも病死したクルツ。二匹の愛猫にまつわる愛情と機知とに満ちた連作14篇。〈解説〉平山三郎
202784-8

う-9-6
一病息災
内田百閒
持病の発作に恐々としつつも医者の目を盗み麦酒をがぶがぶ……。ご存知百閒先生が、己の病、身体、健康について飄々と綴った随筆を集成したアンソロジー。
204220-9

う-9-7
東京焼盡《しょうじん》
内田百閒
空襲に明け暮れる太平洋戦争末期の日々を、文学の目と現実の目をないまぜつつ綴る日録。詩精神あふれる稀有の東京空襲体験記。
204340-4

よ-17-9
酒中日記
吉行淳之介編
吉行淳之介、北杜夫、開高健、安岡章太郎、瀬戸内晴美、遠藤周作、阿川弘之、結城昌治、近藤啓太郎、生島治郎、水上勉他——作家の酒席をのぞき見る。
204507-1

よ-17-10
また酒中日記
吉行淳之介編
銀座や赤坂、六本木で飲む仲間との語らい酒、先輩たちと飲む昔を懐かしむ酒——文人たちの酒にまつわる出来事や思いを綴った酒気漂う珠玉のエッセイ集。
204600-9

よ-17-12
贋《にせ》食《しょく》物《もつ》誌《し》
吉行淳之介
たべものを話の枕にして、豊富な人生経験を自在に語る、洒脱なエッセイ集。本文と絶妙なコントラストを描く山藤章二のイラスト一〇一点を併録する。
205405-9

き-7-2
魯山人陶説
北大路魯山人
平野雅章編
「食器は料理のきもの」と唱えた北大路魯山人。自らの豊富な作陶体験と鋭い鑑賞眼を拠り所に、古今の陶芸家と名器を俎上にのせ、焼物の魅力を語る。
201906-5

き-7-3
魯山人味道
北大路魯山人
平野雅章編
書・印・やきものにわたる多芸多才の芸術家・魯山人が終生変らず追い求めたものは〝美食〟であった。折りに触れ、書き、語り遺した美味求真の本。
202346-8

番号	タイトル	副題	著者	内容	ISBN
し-6-61	歴史のなかの邂逅1	空海〜斎藤道三	司馬遼太郎	その人の生の輝きが時代の扉を押しあけた――。歴史上の人物の魅力を発掘したエッセイを古代から時代順に集大成。第一巻には司馬文学の奥行きを堪能させる二十七篇を収録。	205368-7
し-6-62	歴史のなかの邂逅2	織田信長〜豊臣秀吉	司馬遼太郎	人間の魅力とは何か――。織田信長、豊臣秀吉、古田織部など、室町末期から戦国時代を生きた男女の横顔を描き出す人物エッセイ二十三篇。	205376-2
し-6-63	歴史のなかの邂逅3	徳川家康〜高田屋嘉兵衛	司馬遼太郎	徳川家康、石田三成ら関ヶ原前後の諸大名の生き様や、織部など、室町末期から爆発的な繁栄をみせた江戸の人間模様など、歴史のなかの群像を論じた人間エッセイ。	205395-3
し-6-64	歴史のなかの邂逅4	勝海舟〜新選組	司馬遼太郎	第四巻は動乱の幕末を舞台に、新選組や河井継之助、緒方洪庵、勝海舟など、白熱する歴史のなかの群像を論じた人物エッセイ二十六篇を収録。	205412-7
し-6-65	歴史のなかの邂逅5	坂本竜馬〜吉田松陰	司馬遼太郎	吉田松陰、坂本竜馬、西郷隆盛から変革期を生きた人々の様々な運命。『竜馬がゆく』など幕末維新をテーマに数々の傑作長編が生まれた背景を伝える二十二篇。	205429-5
し-6-66	歴史のなかの邂逅6	村田蔵六〜西郷隆盛	司馬遼太郎	傑作『坂の上の雲』に描かれた正岡子規、秋山兄弟をはじめ、日本の前途を信じた明治期の若者たちの底ぬけの明るさと痛々しさと――。人物エッセイ二十二篇。	205438-7
し-6-67	歴史のなかの邂逅7	正岡子規〜秋山好古・真之	司馬遼太郎	西郷隆盛、岩倉具視、大久保利通、江藤新平など、明治維新という日本史上最大のドラマをつくりあげた立役者たち。時代を駆け抜けた彼らの横顔を伝える二十一篇を収録。	205455-4
し-6-68	歴史のなかの邂逅8	ある明治の庶民	司馬遼太郎	歴史上の人物の魅力を発掘したエッセイの集大成、全八巻ここに完結。最終巻には明治期の日本人から祖父・福田惣八、ゴッホや八大山人まで十七篇を収録。	205464-6

各書目の下段の数字はISBNコードです。
978-4-12が省略してあります。